飞翔

迫真实的

别离

张海韵 著

黑龙江人民出版社

目录

写在前面的话

10 做最好的自己 —— Helen

27 斯坦福大学的『筑梦者』—— Tina

41 来自牛津大学的魔法女生 —— 兔炖Vivian

53 腹有诗书气自华 —— Jacy

65 从哈佛走向世界 —— Cherry

80 行走在宾西法尼亚大学的时尚女王 —— Sylvia

90 皇后大学里的超级玛丽 —— Mary

105 顽皮少女东游记 —— Fiona

113 让梦想高飞 —— ShanShan

124 只有民族的 才是世界的 —— Jessica

135 当阳光照进现实 —— Sunny

146 被命运眷顾的爱笑女生 —— Erika

155 陪伴,是最长情的爱 —— 献给所有的陪读妈妈

162 (代后记) 愿世界待你以温柔

写在前面的话

2016年，电视剧《小别离》风迷大江南北，一时间，"留学"成为年度热词，再次活跃在人们视野当中。留学的价值何在？留学生的未来发展如何？诸如此类的讨论，此起彼伏。

经常有同学和亲朋问我："国外是不是很危险？天天吃西餐什么感觉？是不是学习很轻松？"甚至有一位同学，误认为留学生除了买买买，吃吃吃，根本不需要学习。对于一些人来说，异国的生活很危险，但对于另外一些人来说，留学又太迷人，可以逃避学习，逃开压力，逃出一片敞亮亮的生天。

留学对于我，曾经是一种看不到尽头的疼痛。从2013年底开始在异乡漂泊求学，每天为英语拼命，和孤独过招。

最开始就读的学校，只有少数几个中国留学生，其余的都是本地人或是CBC，我不知道怎么和别人交流，他们说的话或是笑话，我都听不懂。整整半个学期，好像一个人在孤岛上苦苦求生。

但这也教会了我一项本领，面对苦痛时，不挣扎不反击，而是在心里暗暗发力，学习着去做更好的自己。我慢慢从疼痛中苏醒，开始谋划着自己的未来，经历种种，转学去了美国加州湾区的高中。在美高期间，我申请去当地电视台做义务的中文主播，锻炼着在镁光灯下，在人群中发出声音。去老人院交谈，去幼儿园助教。还帮助当地的华人议员竞选，逐家逐户地打电话拉选票，第一次知道了如何做一个愿意被倾听的人。幸运的是，写的英文小诗也被美国当地出版社结集出版。

直到今天,我见到生人仍然羞涩,课堂演讲前,有时会怕得微微发抖,学习也不是TOP1,和SAT的分数纠缠苦恋,很久都不能分手说再见。但我渐渐学会把事情做好,做到极致。学习着和优秀的人交往,留学于我是巨痛之后的蜕变,是涅槃,它教会我取舍,怎样丰富着简单。

近一年间,我有幸采访到十几位中国留学生,聆听到或是励志,或是有趣的独特经历,走近了一个个有笑有泪的留学世界。她们中有的是常青藤名校的精英级大神,也有如我般经历坎坷的负重少年,每个人因不同的目标而求学海外,却都通过自己的拼搏,实现了人生的完美蜕变。

我利用课余时间把这些故事写了下来,让更多的人倾听到来自留学生的真实声音。可以给正在留学的朋友们些启发,期待给将要出国的小留学生以参考,唤起更多人对留学的思考。这样,我们所经历过的悲欢离愁,才更有分量和意义。

遇见留学,遇见更美好的自己。

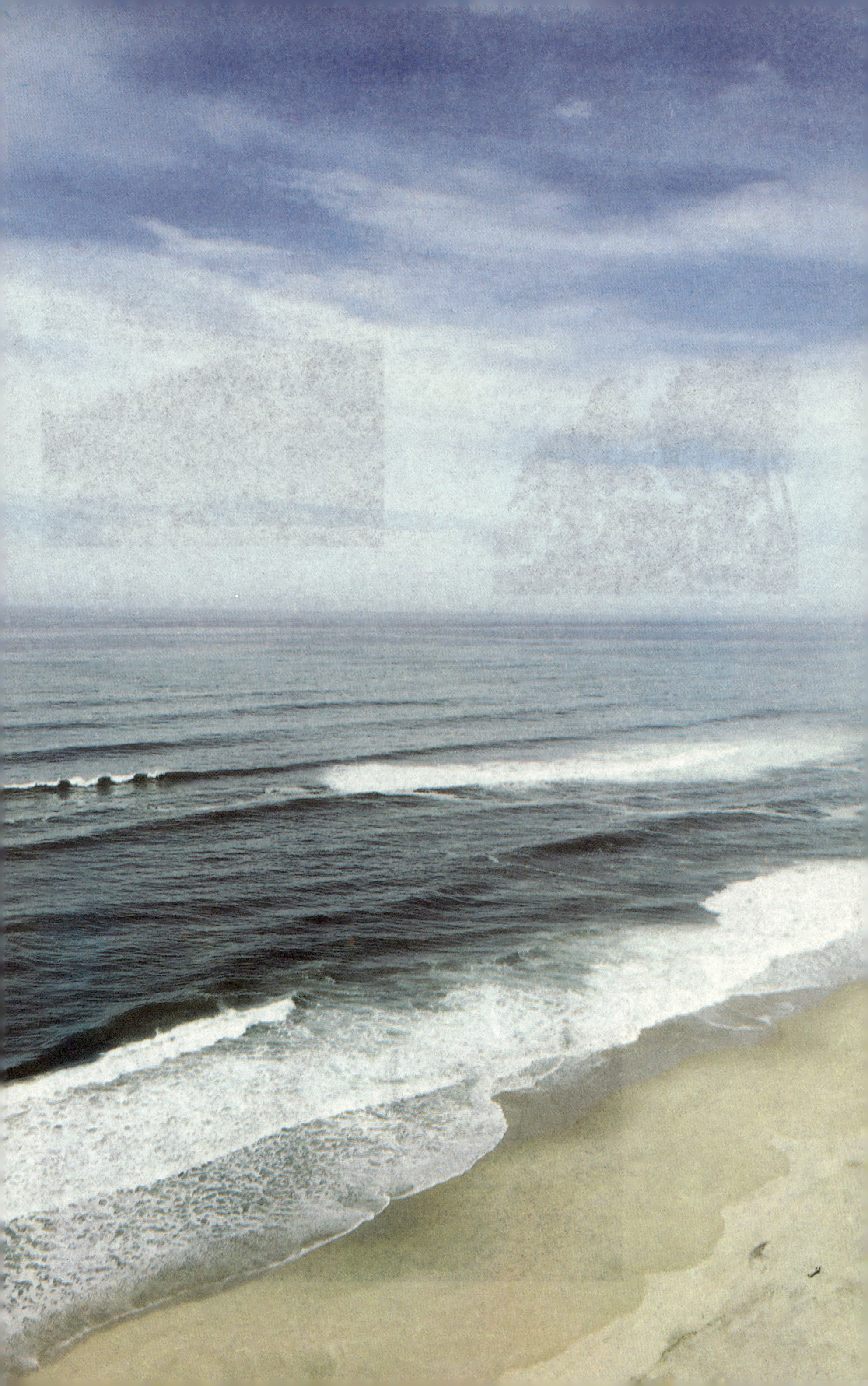

1 一号公路沿途景色
2 加州的福斯特城,被称为"美国的威尼斯"
3 加州一号公路边的"孤独松"
4 加拿大境内的尼亚加拉大瀑布
5 加拿大的冰原大道

4

5

1

1 加拿大的城堡山
2 加拿大班芙国家森林公园内的圣路易丝湖
3 和妈妈走在回家的路上,回头一看,晚霞满天,极美
4 终年不化的冰川湖

Helen   做最好的自己

记忆中最寒冷的冬天

所有关于我的故事，都要从一本书说起。

2013年中考过后，我们一家人都在焦急等待成绩。

妈妈无意中看到《哈佛女孩刘亦婷》，如获至宝。在感叹刘亦婷父母成功的教育方式之余，开始和爸爸商量，是否要送我出国。

经过一家人慎重考虑，决定由妈妈陪我去加拿大留学。

午休时间，在学校的室内体育场，好朋友用手机为我拍下了这张难忘的照片

2013年12月10日深夜，加航的飞机缓缓降落在佩尔森国际机场，这一天对我来说，既是纪念日，也是里程碑。

刚下飞机，迎接我们的是刺骨的寒风，和加拿大几十年不遇的极寒天气。从机场到酒店的路上，透过浓浓夜色，只看到远处点点的灯光闪烁，和我印象中的国外灯红酒绿、高楼林立的样子相差太远。后来，我渐渐理解了为什么很多留学生喜欢把多伦多称为多村，除了市中心还有些繁华气氛，其余的地方确实像是个有待开发的大农村。

一切都是陌生的。我们住的酒店是一栋独立的大楼，周围几乎没有什么建筑，我和妈妈不知道哪里有超市和餐厅，也没有交通工具，仅靠着一袋面包熬过了最初的三天，还不知道怎么用咖啡机烧热水。

躺在床上，胃里空空的，饥饿的感觉牵动着所有的神经，脑海里闪现出无数美食，根本不受控制。想起了家乡的卤肉饭，上面一层油亮通红的肉燥。油泼面上香喷喷的辣椒，拌上黄瓜的清香，还有牛排被炙烤的焦香味，在铁板上的滋滋声，一股脑地袭来。此时，哪怕喝上一杯热水，都能稍稍抚慰一下胃肠的烦躁。我不停地翻身，侧脸一看，妈妈瞪着两只大眼睛，饿得也睡不着。

夜是如此漫长，好像怎么熬也看不到尽头，远处传来车辆急驶的轰鸣声，紧接着是一片更长的沉寂。异乡的夜，如此难挨。后来，妈妈发现一楼有家餐厅。

除了天气，给我们当头一棒的还有语言。点餐的时候，我和妈妈英语都很有限，所以只能用this和that来点菜，再加上丰富可笑的肢体语言。有一个单词我永生难忘：ketchup，当时早餐里有薯条，我硬着头皮对服务员说："Can I have some tomato sauce？服务员笑了，更正我说应该是ketchup，我羞愧得恨不得找个地洞钻进去，更激发了我要学好英语的决心。

入住酒店后，还发生了一件非常棘手的事情。因为语言沟通障碍，加上妈妈没有保存消费存根的习惯，我们延期续住的请求被拒绝了。酒店马上要入住一个大型的艺术团体，双人间客满，要求我们在十五分钟内必须搬离。我和妈妈站在大堂，望着窗外的鹅毛大雪，满脸愁容。实在是不得已，我硬着头皮上前用生涩的英语，争取到一间平价的套房。从那天起，我知道，再也不能做妈妈身后那个怯怯的小女孩了。

一周后，在朋友的帮助下，我和妈妈在市中心租到了公寓。我们到宜家买了家具，用不太流利的英文办理了快递程序。到家后，看着说明书，一边安装，一边指导妈妈。第一次睡在自己亲手安装的床上，也终于有了所谓的家，我心里感慨万分，睡得格外香甜。

第二天早上起来，脖子的淋巴处，莫名地肿了一个鹌鹑蛋大小的包，妈妈紧张得赶紧往国内打电话，求助医生。

终于等到了学校开学的这一天，我既激动又害怕。这是国外上学的第一天，却害怕不知道怎么和外国同学交流、做朋友。到校后，我凭着多年刷看美剧的经验，知道每个学生都会有自己的柜子来放书籍和杂物，于是我找到老师要了柜子的号码和锁。因为是第一次使用，自己鼓捣了半天，也弄不明白，不得已求助于外国同学。可是，一两遍又很难记住，我就用手机录下来，弄了整整一个早上，还因此迟到了第一堂课。

老师热情向全班同学介绍了我这个新生，班里同学走过来热情拥抱。

但没有人真正知道，在最初的几个月里，我到底经历了什么。由于在国内没有经过任何英语培训，直接被扔进了纯英文的课堂，跟着小组讨论、演讲、写作文，每天都是听到要死的感觉。于是，我抓住所有的机会，仔细听外国人的发音和句法，然后在心里一遍遍地练习。

有一次妈妈出去办事，我独自去星巴克买咖啡，路上，我不断回忆着点餐的单词和咖啡名称，在心里重复练习，站在柜台边上，居然很自然地就用英语说了出来。

那一刻，我发现自己的紧张和恐慌完全不见了，在陌生的面孔前昂着头，自信满满。在别人看来，这是多么微不足道的一件小事，却更增添了我在异国他乡好好生活下去的信心和决心。

痛出来的鲜美，才足以颠倒众生

在学校的ESL(English as a second language)班里，我

结识了很多从中国来的小伙伴，大家都来自同一国家，彼此也有着说不完的话题。时间长了，我发现自己的英语丝毫没有进步。于是开始有意识地多和本地人沟通。但是想在短时间内快速提升至学术英语的水平，仅仅靠交流不够的。

几经周折，找到了本地较为有名的华人英语教师Henry。Henry的办公室，离我们居住的Downtown很远，每天都要花三个小时以上的时间，奔波在公交车上。多伦多TTC（Toronto Transit Commission）的运行效率很低，周末很多车站都停运整修，我和妈妈不得不起得非常早，去搭转运车到地铁站，再倒公共汽车。天还是黑漆漆的，街上几乎没什么人，空中飘着清雪，我们母女俩在零下几十度的严冬里冻得抖抖瑟瑟，不得不加快脚步。

Henry毕业于加拿大著名的商学院皇后大学MBA专业，后来供职于世界知名企业庞巴迪公司，精通英语，也讲着一口地道而流利的法语。或许在移民之初他经历了太多的苦难，特别希望自己的同胞都能克服语言障碍，得到更多的发展机会，得到当地人的尊重。Henry的教学方法比较严苛，任务量也非常大。

每周要背400个单词，到下周就滚动成400个新单词，加上以前所有背过的，没过多长时间，每周要考的单词就累积到几千个。每周六考试，随机抽出100个，全部变成大写，我们要写出中文释义。考不到80分的同学，Henry会用非常特别的方式"激励"你。

单词掌握到一定数量后，每周再加3—5篇写作，100字左右，5段式写作。这种高压式的学习强度，让很多小伙伴中途选择退出，我也是不堪其苦。甚至在相当长的时间里，一步都不愿意踏进教室的门。

Henry经常对我说："尊重不是任何人给你的，是你靠自己的努力赢来的。"每次听了都很震撼，心里也知道他是对的。

后来，在进行托福备考和SAT阅读的时候，单词很少成为我理解的障碍。这时候，我开始在心里感谢Henry，感谢他的严格和不近人情，让我们看了那么多不可能看懂的英语"天书"，感激他曾给我们的魔鬼训练。

由于入学较晚，我比较擅长并喜欢的课都是满席状态，经过几次和学校的沟通，得到的回复是：如果我能通过专业法语的入学考试，我就可以修法语课。看了回复的邮件，我都顾不上失望、伤心和悲痛，马上投入了法语的学习。

英语此时还是一团糟，再搅进来一窍不通的法语，每天都是崩溃的边缘。没出国留学前，很多人和我说国外学习可轻松了，很早就放学，现在想想，那都是美丽的传说。不愿经历高考前巨压式的学习，结果出国后天天高三的感觉。那段时间，我每天都要到凌晨才能睡觉，上一天课，然后坐一个多小时公交车，到补习学校，晚上九点多下课，再坐一个多小时公交车回家，吃晚饭，写学校的作业，背单词，背法语。

就在我苦苦挣扎的时候，妈妈因为一些事情回国，不得不为我寻找临时寄宿家庭。尽管我知道，成长的过程中总会有分离，但分开的第一晚，我躺在陌生的床上，想起平时和妈妈在一起的点点滴滴，眼泪顺着脸颊的轮廓，消失在枕头里。我把自己蒙在被子里，不想被听到哽咽的声音。

好在老天格外疼惜努力的孩子，我竟然一次考试就通过了10年级专业法语，得到消息，我简直不敢相信。要知道有很多比我早来的同学，也只能上9年级的课程。直到学年结束，我的法语成绩保持在A的水平。

现在回想起来，非常感谢那段疼痛的日子，感谢那段看不到尽头的黑暗，以及经受的挫折和苦难，让我真正的体会到五味的人生。以至于后来我能够以一个亲历者的姿态，去走近别人的苦，感受他们的痛。这对我将是一生无比珍贵的财富。

经历了长达半年的寒冬，街头的人们脱去了厚重的Canada Goose，直接换上了衬衫或短袖。公园里的樱花盛开，阳光明媚，多伦多的夏天真的到来了(没错，从冬直接入夏，这里的春秋两季很短，一般都可以忽略不计哈)。

邂逅加州阳光

2015年春天,在准备期末考试的同时,我申请了几所美国高中。经历了一系列的笔试和面试,4月底,我收到录取通知书,决定由加拿大转赴美国留学。

妈妈开始忙着卖家具,把锅碗瓢盆送给朋友,联系房主退租等琐事。离开的最后一天,从早上开始,买家陆续过来拉走家具,我和妈妈开始打包。偌大的家,全部被压缩在两个行李箱里,空空如也,心里说不上的失落。几天后,这两个行李箱要在另一个国家、另一个城市里被展开,又要迅速扩展成一个有房有床,有一切生活用品的偌大的家。

2015年7月7日,我和妈妈到达了旧金山湾区,邂逅了梦想中的加州阳光。这是一座充满活力又令人难忘的城市,赫赫有名的斯坦福大学和硅谷坐落于此。无数初创公司、IT产业环绕左右,仿佛还是百年前那座闪闪发光的金山。一夜暴富的掘金梦想,实现自我的冲动和渴望,从不曾远离。

我就读的学校是一座历史悠久的天主教女子私立高中。始创于19世纪末。校园依山而建,建筑典雅幽静,颇具特色。不远处就是起伏的山坡和葱郁繁茂的原始森林。临近路边,古树参天,绿荫如盖,大片的草坪青翠繁茂,像一张巨大油亮的毯子横铺开来。经常有同学坐在草地上聊天,也能看到有野鹿悠闲地逛着,并不怕人,有时它们会躲在树荫底下睡大觉。

主楼两侧是学校的各种球场、露天游泳池、体育馆和教堂,学校治学严谨,课余活动非常丰富,有十多个专业的学生社团供同学们选择。校园的女子排球队，在历年加州高中比赛中取得过不俗的成绩。

但接下来的学习生活，并不像表面看起来的这么容易轻松。我马上投入了和GPA的短兵相见中，不得不没日没夜地苦读，甚至没空看一眼窗外的风景。

我觉得，很多留学生的精彩，仅限于朋友圈里。发一个在国外的美食、街景、学校舞会或者只是一棵树，都会引来羡慕的眼光。其实只有你自己知道，你更像是一个人在孤岛上品饮寂寞，艰难求生，独自面对一切，还要规划好自己的人生。

经历几个月的挣扎之后，我的GPA终于稳定在了不错的水平。一天上午，我们的英语老师Brady女士走进教室，告诉我们中学生诗歌创意大赛正在征集作品，鼓励我们积极参与。写诗，还是用英文写诗，这对我来说，简直是遥不可及的梦，但内心渴望的小火苗不停地冲撞着，我决定放手一试。

放学后我就一头扎进学校的图书馆，找出来比较有名的诗歌选集，研究英文诗歌的创作规律，但始终不得章法，也没有方向。后来，我找不同的人聊，和我的同学、朋友、我的父母，想听听她们不同的建议，在这个过程中，感觉自己的视野宽阔了许多。

妈妈曾这样对我说：“最好的作品，一定来自于真实的情感。想要打动别人，首先要打动你自己。”这些话，让我想起了自己撑过的漫漫长夜，想起了曾经的苦闷和畏惧，于是提笔写下了这首诗：

Star

Dark as the sky,

And lonely as the star,

I never dare to look up

For the fear in my heart.

Troubled by a bad dream,

I got up at midnight,

Appeared a meteor's beam,

Swiftly crossing with its light.

I cast my wish,

As once was told by mom,

Happiness will come,

While gently touched my palm.

The darkness fear me no more,

When I look into the night,

There will always be a door,

Stayed open for those who hold their dreams tight.

  几个月后,我意外地收到了出版社的邮件,这首小诗在全美中学生创意文学大赛中胜出,并被收录于诗集《A Celebrations of Poets》中,在美国出版发行。消息传来,同学们纷纷表示祝贺,爸爸妈妈也激动万分。

  这是一个有趣而平行的世界。一方面,有着享誉全球的阳光直射,干旱少雨,可只要你站在荫凉处,就会感到阵阵寒意,常年都要备一件外套。在学校里,同样也是如此。每周末都有活动,半年会举办一次大型的正装舞会,音乐响起,裙摆飘飘。在庆祝活动中,我们疯狂呐喊,或是在万圣节,各种怪诞的装扮,只恨自己不能脑洞大开。

可另一方面，学校里又有着非常严格的纪律，绝对不能轻易触碰，比如说手机的使用。经常有刚来的中国同学，不以为然，就会得到一个detention。放学后一个人在空旷的教室里，呆坐上两个小时，以示惩戒。

而我，课余时间经常要去社区图书馆和旧金山博物馆帮忙，去老人院陪老人们聊天，到幼儿园照看孩子，也去过救助站帮忙分发食物。回家后，写作业，查资料，复习各种考试，翻译下期要播出的稿件，忙得不亦乐乎，睡眠时间被一再地压缩。

时至今日，我还不是"别人家的孩子"。甚至就在今夜，我还为三天后的final考试熬夜，为标化考试苦恼。带着一副重重的黑眼圈，头还有点晕疼。可我感谢这些成长中的疼痛，让我在不肯屈服的青春中，遇见了最美好的自己。

Millbrae市的义务中文主播

义工和实习，是美国高中生活中相当精彩的不可或缺的一部分。既是大学申请的必备条件、入读理想学校的敲门砖，同时也是帮助他人、回馈社会的绝好途径。学习稳定之后，我开始寻找合适的机会，在这期间，一件压在我心头很久的心愿慢慢地浮出水面。

自从我出国之后，看到过我的妈妈和很多人因为语言沟通问题，备受苦楚。有一次晚上10点多，妈妈车子抛锚在郊外，情急之下，打电话叫救援，焦急讲了一个多小时，有印度口音的接线员怎么都听不懂。零下三十多度的极寒下，妈妈没吃晚饭，又饿又累，周围的办公室已经一片漆黑，不得已只

能求助朋友，折腾到第二天凌晨才回家。看见妈妈一脸沮丧，疲累得瘫软在沙发上，我心里五味杂陈。

还有一次坐公交车，一位头发花白稀疏的奶奶站在过道，一边小声喊着"香蕉……香蕉……"，一边神经质地挥舞着双手。有人走过去询问，她急得眼里泛出莹莹泪光。大家不明就里，甚至有人以为她有精神问题，后来才知道，这位华裔奶奶在找一个有香蕉logo的超市，此时公交车早已驶离很远了。

很长时间过去了，我很难忘记这个场面，难忘这位老人的焦急和无奈。

在多伦多的Markham地区，是典型的华人聚居区。有大型的华人超市、邮局、银行、购物中心，均提供中文服务。在这里，你不需要讲英文，也绝少有机会用到。有很多华人，移居加拿大多年，只习惯在这里生活。稍复杂一些的英文不会说，只看中文电视、网站，英文新闻更是听不懂，在这个街区之外，这座城市、这个世界到底正发生着什么，他们知之甚少。

但他们当中的大多数，希望能融入这个社会，了解身边的时事，也希望被倾听，而不是做"沉默的大多数"，他们的渴望，我看在眼里，也都懂。

我希望有机会能尽自己的微薄之力，为我的同胞

这是我平生第一次站在镁光灯下，第一次出现在家家户户的电视屏前，第一次让在外多年的华侨同胞，聆听到了来自中国的母语乡音。

们做些什么，哪怕只是微不足道的开始，祈愿更多的人不断汇入其中。当时，加州湾区的Millbrae市电视台新办公楼落成，举行冷餐会庆祝，我和朋友去参加，无意间，得知电视台要开办一档中文新闻栏目，为当地英语沟通障碍的华人服务。我鼓足勇气找到负责人Andy自荐，当场进行了面试，后来又递交了学校的推荐信和在校成绩。半个月后，我终于通过审核，成为了Millbrae市第一位义务中文主播。

这是我平生第一次站在镁光灯下，第一次出现在家家户户的电视屏前，第一次让在外多年的华侨同胞，聆听到了来自中国的母语乡音。

放学后，我坐在车里，车子飞快也很颠簸，半个小时的车程，是我录像前的全部准备时间。我手忙脚乱地在车里换衣服、化妆，偶尔不小心，还会把睫毛膏糊住眼睛。到了电视台门口，以最快的速度冲进去，甚至来不及喘上几口气，就站在话筒前，开始录播。

从英文稿译成中文、片头制作、录播、剪辑到后期合成，所有的工作，都由我一人完成。当然，这也要得益于电视台前辈们的手把手教导。这项工作占用了我不少的精力。国外新闻中，当地赛事是重点和特色。其中经常会有很多比赛术语，或是球队名称跳出来为难我，我不得不找来以往资料，仔细对比，翻译完之后，还要发给电视台负责人进行一一审核。

世界终于以不同的方式被打开，我的生活变得立体而丰富起来。当时Millbrae市准备兴建公寓楼，和我预想中的美国速度迥然不同，调研工作极其漫长。除了在电视上公示建筑总面积、用途之外，还考察迁入人口对于当地学校、交通等方方面面的压力。这是当地的大新闻，从我在电视台工作开始，一直到我离开，光是论证阶段还远远没有结束。作为主播，我一直跟进这个新闻，从中也看到了美国政府运作的各个方面。

圣诞节将至，这次录播的重要内容，除了介绍城际列车的豪华装饰游，还有市图书馆的一系列活动，包括与圣诞老人的免费合影。我在灯光下鼓励社区居民捐赠给救助站食品，还可以用此抵消平时的图书延期的罚金。一年里，这样的机会可是非常有限的。在节目播出后，看到很多从来没有了解过这类活动的华人身影纷纷出现在救助站，我的内心也是快乐的。

渐渐地，我爱上了这项义工活动，爱上了站在灯光下的感觉，喜欢和电视台的前辈们去实地采访。接触到形形色色的人，聆听不同的声音，也让我从另外的角度来看待这个世界。同学们知道了此事，会从Youtube上找来视频看回放，也因此有更多的华人移民了解到身边的时事变化，我为此感到荣幸和自豪。

梦想中的致谢

我曾做过这样的梦：我站在舞台的中央，一束光直直地射在身上，台下有鲜花，有掌声，我一手拿着奖杯，一手拿着话筒，流着热泪，把所有帮助过我的人的名字，一个个清晰地说出来。

不过，这样的梦还很遥远，或许永远只能是梦。

感谢我的加拿大监护人Lawrance冒着严寒开车几十公里，带我去买校服，亦兄亦友，为了帮我转学，在教育局的办公室里执着等候，反复沟通。

感谢Henry的苦苦折磨，还有那些怎么也忘不了的"激励"和蹲起。正是他的严苛，才让我在后来的英语学习中，可以有片刻喘息。

感谢我现在就读的高中，慧眼识珠录取了我，让我有了难忘的快乐时光。

感谢兔姐、王叔，每每人生困惑时，总是不由地想起你们。感谢Sylvia，你看过的书，走过的路，背过的包包，晒过的美食，都刻在了那个叫Helen的女孩子心里，让她对于成为优秀的女人，有了无比的渴望。

特别感谢Tina那么多日夜的引导、陪伴，只有你见过最真实的我。见过我的泪，我的苦，见过我小小的胜利，也见过我大哭。有你的生活，竟然如此美好。还有我的爸爸妈妈，无限的疼爱，宠着我像个公主。

感谢留学中和小伙伴们的美好遇见，版面有限，原谅不能一一列举。感谢我们相识在最好的岁月里，一次次擦肩而过，却更像是久别重逢。

感谢我的美好未来，正映着春光，大踏步地迎面走来，待续中。

斯坦福大学的"筑梦者"

通往理想之路

在斯坦福大学的校园里，有一条长达一英里的道路，两边植有166棵棕榈树，被誉为"通往理想之路"。作为斯坦福大学Alice Moore奖学金得主，Tina曾在这条路上走过无数次。

Tina中文名字叫盛天意，出生于六朝古都南京，如同这里的怡人气候，她性格温润平和、热情博学，说起话来不紧不慢。父母都是学者，做着理工方向的研究，对她要求严格，培养了她高效严谨的良好习惯。

从小，Tina就是妥妥的学霸一

枚，学习方面毫无压力。读书占据了她成长中的大部分记忆。放学后她很少出去玩，也不爱看电视，成天捧着本书，一个人能坐上好久，完全痴迷于字里行间的精彩世界，对她将来的职业发展也起到了深远的影响。

认识她的人都知道，Tina精力超级旺盛。"我就是个闲不下来的人，喜欢做事，喜欢工作，喜欢忙碌的感觉。"在高强度的留学工作之余，还从事文学翻译与编辑工作，已出版两本翻译文集，另有系列丛书即将出版，撰写的优秀论文被收录到斯坦福大学教育学院图书馆。你很难想象，这么一个娇小的女生，能兼顾着做这么多事情，都做得有声有色。

2010年，Tina在斯坦福大学攻读教育学硕士，主修中学教育方向，该专业在全美教育类排名第一。研究生毕业后，她先后在美国加州公立、私立寄宿和私立走读学校任教，历任私立高中招生面试官、国际学生辅导员及大学升学顾问，并负责创立及管理旧金山市一所私立中学的寄宿部，是加州资格认证教师，目前担任中国某大型留学顾问公司的首席导师。

八年来，她辅导过的学生成功申请了哈佛大学、康奈尔大学、宾夕法尼亚大学本科商学院、西北大学、杜克大学、范德堡大学、加州大学伯克利分校、加州大学洛杉矶分校、南加州大学、纽约大学商学院、波士顿学院、卫斯理学院等名校，是业界同行公认的"金牌顾问"。

很多成绩不太理想的孩子，在她辅导的期间，不但在校成绩取得了质的突破，义工项目、暑期活动都各具特色。家长们信任Tina，称她是"孩子的筑梦者"。

曾经有妈妈这样问她："为什么孩子那么听你的话，你说什么他都愿意去做？我一问，好像碰到了火药桶似的。"当孩子一个人远赴海外留学，面临着生活和学习的双重压力，又值青春期的烦躁不安，再教育有方的家长，此时也会束手无策。Tina是家长和学生之间的阻燃剂，也是孩子进步的助推器。孩子们心甘情愿地采纳她的建议，是因为他们佩服Tina的学识，喜欢她的真诚，折服于她的魅力，心里把她当作榜样，将来也想成为像她那样的人。

世界因此不同

大学一年级的时候，Tina申请了Summer Work & Travel Program。这是一个由美国政府资助的国际文化交流项目，一般为期三个月，鼓励全世界各地的国际学生利用暑期时间到美国工作两个月，在拿到工资后，还可以去美国各地旅游一个月。那一年，也是该项目在中国首次招生。6月初，她和几十名来自不同城市的中国学生们一起来到美国的奥兰多市，在环球影城工作。这个暑假的生活是如此丰富多彩，令她眼界大开。

奥兰多，是美国佛罗里达州中部的旅游城市，常年阳光明媚，气候温和，有着"阳光之州"美称。由于盛产柑橘，也被称为"橘子皮城市"。这里有世界上占地面积最大的迪士尼乐园，有美国最大的海洋世界，有闻名遐迩的环球影城，还有哈利波特的魔法世界。每年，数座超级乐园吸引着2600万游客从世界各地蜂涌而至，也陪伴了一代又一代人的童年。

来自世界各地的国际学生，都被安排在同一个小区，不同的肤色，不同的语言，简直就是小型联合国。几百名来自全世界各地的学生，通过交流项目，涌向这座城市，到处都是年轻的面孔，一片生机勃勃。我们结识了巴西、土耳其、澳大利亚等不同国家的学生，最玩得来的，是几个来自马其顿的朋友。特别有趣的是，在此之前，我都不知道这个国家在哪儿，也没有听过这个名字。

这是Tina第一次迈出国门，也是她第一次真正意义上的离家。此时，身处在另一个国家，远离了父母的约束，完全放飞自我，像当地人一样生活，她感觉既新鲜又刺激。

白天，她和小伙伴们在环球影城里工作。她一直记得，那个每天都笑眯眯的经理总是说，每个人都应该是快乐的创造者，这样，才会给游客带来真正的快乐。因此早上见面时，大家都会拿出最好的状态，最灿烂的笑容，热情拥抱，主动和游客互动问好。工作取得一些进步时，大家会走过来，真挚地感谢你，赞美之词不绝于耳。这些，都和国内朋友间的含蓄内敛决然不同。和那么多有趣的人做着有趣的事情，她一直被欢愉的气氛紧紧包围着。

晚上回到宿舍，不同国家的小伙伴们凑到一起，分享着各自的见闻和家乡的美食，会听到特别多奇特的经历，经常聊到很晚，兴奋得根本睡不着。开朗活泼的Tina很快地交到了不少好朋友，闲暇时，本地同学会主动邀请她，到其就读的大学里参观。她睁着一双好奇的大眼睛，认真地走访这些迥然不同的学校，不停地发问。

渐渐地，她迷上了这种丰富而充实的生活，感觉一扇精彩绝伦的世界之门，正在为她徐徐敞开。

环球影城里的领导和员工对交流学生的友善，和物质供应的丰富程度，也大大超出了Tina的想像。

我们工作的地方，所有的零食、饮料都是免费的，并且无限量供应。员工休息室里，永远都有好多好多的巧克力、水果和甜点，根本吃不完。餐厅里的食物种类特别多，我们都可以无偿取用。第一次去的时候我还有些迟疑，这么大分量的美味炸鸡，真的可以随便拿吗？完全被震惊到了。

同样带来震撼感受的，还有意识形态的不同和中西文化的对冲。一天，Tina和往日一样，在过山车的入口处值守。眼看过山车的巨轮即将启动，一个小男孩突然跑了出来，跳到了铁轨上，"我当时非常紧张，也来不及多想，一个箭步冲上去，把小孩子迅速地拉到了铁轨外。后来，经理通过监控画面，看到了这惊险的一幕，马上找到了我。"

开始，Tina还挺高兴，以为会得到表扬，毕竟刚刚做了一件非常伟大的事情。自己冒着极大的危险，挽救了一条鲜活的小生命，感觉就像个英雄。谁知，经理一脸严肃地批评了她，还因此扣除了她当天的工资。"我委屈到了极点，都快哭出来了。"

经理对她说："按照规范，你应该首先去按紧急停止的按纽，等设备完全停稳后，才可以去拉那个孩子，但你并没有这样做。一旦过山车开动，你们两个同时都要被撞死。"经理看着Tina一副沮丧的表情接着说："我非常非常欣赏你的勇敢，但是你真的做错了。我们之所以反复培训，就是要训练员工如何在危急状况下最大可能地保护每个人的生命，其中也包括你自己。"

这件事情对Tina的触动很大，可以说让她的价值观，有了颠覆性地改变。"我从小受到的教育，就是在别人遇到危险时，要见义勇为，要冲上去。这时我忽然意识到，其实不应该做这么冒险的事情，而是要遵守规则，

每个人的生命都很重要。"这个小插曲使她对于美国人做事严谨、恪守原则的印象有了真正的深刻认识，这对于她后来的学术研究和事业发展乃至于婚姻关系，都是至关重要的。

两个月的工作很快就结束了。Tina打起背包，独自启程，先后到迈阿密、西礁岛等美国东部城市旅游。一路上椰林沙滩，风光无限，她也幸运地遇到了很多友善的本地人。旅行中的美好感受，对于她后来留学美国，起到了重要的推动作用。"在高中时，我有三个特别要好的朋友，先后都去了法国留学，所以，我本来想去欧洲，但这次项目结束后，我就下定决心去美国。"不久后她返回北京，重新回到了首都师范大学的课堂。

三个月的赴美经历，把她带到了一个完全不同的世界。此时的Tina，已经不再满足于做一个全A的学霸，而是渴望着早日走出国门，更加真切地去体会整个世界。大学二年级时，她递交了交换生的申请，一年后，如愿来到美国纽约，开始了为期半年的交换生活。

成长中蜕变

到达美国大学的第一天，是终生难忘的。

美国的大学宿舍居然是男女混住的，我的房间对面，就住着男生。我完全不敢相信，怎么会这样？那时候特别担心会不会有男生闯进房间，晚上睡觉前，还会仔细地检查门锁。哈哈，后来才知道，真的是自己想多了。

没过多久，混寝的好处慢慢地显现出来。晚饭后，男女生们经常聚在一起看电视，说说笑笑的，非常热闹。楼里有几个男生，简直就是调节气氛的高手，几句笑话就把大家逗得前仰后合。还有几个男生厨艺一流，有空时就会烤出一大盘千层面或是布朗蛋糕什么的，整幢楼都飘着诱人的香味，大家都会过来一起品尝。如果女孩子想把家具挪个地方，根本不用自己动手，直接去对门叫来男生，分分钟就搞定。

当时，正值美国总统大选的前期，到底是支持奥巴马还是站在麦凯恩一边，同学间争论不休。以往很少过问政事的Tina忽然觉得特别过瘾，立马变成了这场辩论赛的热心观众。"其中有两个男生支持不同的竞选人，几乎每天晚自习时候都会吵个不停。我当时觉得很好玩，争吵居然能像做学术研究一样，讲究论点论据，还要到网上查资料，查数据的出处，再引用给对方看。"这种自由辩论的氛围让她感觉棒极了，每个人不仅仅局限于学习，而是把自己所学到的知识，拿到实际问题中进行切磋并加以应用。Tina完全适应了男女混寝的新环境，有玩伴、有美食，还有免费的劳力，心里当然美滋滋的。

其间，还发生了一件尴尬却很有趣的事情，尽管过去数年，每次回想起来，Tina都能笑上好久好久。她还专门写成文章，投稿参加了NBC举办的《First Day Project》写作活动。

I came to US in 2007 as a college student and lived in an apartment complex where a lot of other local college students live too. My neighbor was two American students and both were very nice people when we met during the first day of moving in. That evening, they came by again and talked to me and my roommate, another Chinese girl. By the end of this conversation, they said "Hey do you guys want to hang out with us this Friday?"

……

文章轻松诙谐，真诚感人，把初到美国时的拘谨不适、语言沟通上的层层障碍和小女生的细腻心理刻画得淋漓尽致，让人看了忍俊不止。此文在NBC上一经刊出即得到广泛的赞赏好评。更多的人通过这篇文章，认识了这位来自中国的幽默的女留学生。

Tina就读的是一所典型的纽约上州的大学，99%的学生是白人面孔，整座学校算下来，只有7个亚洲人。凭着卓越的学习能力，她很快在同学中间崭露头角，被老师选为助教。这个职位在大学里要求很高，也极为抢手，只有品学兼优的人才有机会获此殊荣。

纵然在国内大学里学术成绩出众，眼下，如何跨越语言障碍，与别人用英文自如沟通，成为Tina的主要目标。她把所有的空余时间全部用来阅读英文原版书籍。最开始进展缓慢，后来速度越来越快，书也越选越厚，一年的时间里，读了近100本英文书，英语有了质的飞跃。

在女性文学课上，老师选读的作品是著名华裔作家汤婷婷的《女战士》。此书讲述了华裔母女两代人由于生活道路和文化理念的不同所产生的矛盾和冲突。书中大量的细节描写来源于作者母亲所讲故事中听到的中国神话传说，其中有较多篇幅描写了中国农村底层社会的封建陋习。这部作品在美国文学史上影响巨大，出版后斩获多项文学大奖，传播广泛，同时也颇受争议。"选修这门课的学生里，只有我一个是中国人，其余的全部是白人。当时心里还是有点怕的，怕被人歧视。"

怀着坠坠的心情，终于等到老师走进了教室。谁知老师开口说道："我们非常幸运，班上有一位中国同学，她也许可以告诉我们，中国的现在到底是什么样的。"同时，她还告诉所有的同学说："中国是一个非常棒的国家。"

"听到这句话，我非常感谢这位老师。她肯定知道这本书里的内容，充分考虑到了我的感受，给了我足够的尊重。"在那一刻，Tina心里充满了感激，对老师肃然起敬。感谢老师没有特别点到自己的名字，让她站出来结合书里的内容谈谈做为中国人的感受，如果那样，将是何等的尴尬。老师完全没有这样做，而只是把Tina当作一个最普通的学生，和在座的其他人没有任何差别。

一边是自幼接受的传统教育和父母多年的严加管束,一边是西方世界倡导的自由独立,两种意识形态千差万别,又不断交汇,强烈冲击着Tina的内心,让她身处其中,对中西文化的差异有了更加深刻的思考。

不知不觉间,生活中的一些琐事也在改变她的思想。一天,Tina和女友约好逛街,马上要出门时,感觉特别不舒服,需要休息。就拨通了女友的电话,说明情况,女友立刻说了句:"Take care(多保重)。"然后没有一句多余的话,就去约上别人走了。这本来是一件小得不能再小的平常事,但在当时,Tina觉得还是有一点点的别扭,"和中国朋友间的处理方式,差别太大了。"

做起事情来,美国人比较注重自我意识和独立精神,会非常直白地表达自己的观点,全然不会顾及所谓的面子,更不愿意去主动附合他人。

刚开始,我也有些不适应,但时间久了,我觉得自己变得很独立,反而对中国朋友之间喜欢粘在一起做事的感觉,有些不习惯了。

没过多久,一个来自加州旧金山的美国男孩子,闯进了Tina的生活。本科毕业后,她选择去美国攻读硕士,因为男朋友的缘故,就申请了相近的斯坦福大学,并顺利地收到了学校的录取通知书,入读中学教育方向。

教育是一生所爱

来到斯坦福后,高密度的课程安排让Tina始料未及。斯坦福大学的教育专业,在全美大学中专业排名第一,本来应该两年读完的课程,学校安排在一年内完成。每天作业量巨多,课程时间超长,很多身强体健的外国学生都大呼吃不消。开学后没多久,陆陆续续就有同学辍学,学习压力大是其中最重要的原因。

整整一年间,Tina没有休息过一天。"那时我没有车,每天早上6点钟左右必须要出门,去赶火车。上课的地点不固定,有时在斯坦福,有时在图书馆,有时去当地中学,晚上要坐公交车,到家后已经很晚了。还要写报告,查资料,准备考试,一天也就睡上三四个小时,压力大到受不了。"

Tina素日里酷爱健身,只要有空就会去徒步、登山,更是一位技术高超的滑雪高手。每逢假期,都会背起行李到处旅游。此时,不要说运动,就是每天能睡足五个小时,都已经成为奢望,觉得自己每时都处在即将崩溃的边缘,心情糟到了极点。

后来,男朋友求婚成功,Tina问他:"你为什么要娶我?"男朋友诙谐地说:"你在斯坦福就读那一年,压力那么大,我们吵了那么多次架,从没有说过要分手,这才是真爱。"

这一年,对于体力、意志力,都是极限挑战。"后来,学习工作中也会遇到很多困难,想想在斯坦福那一年,过得那么苦,其他的事情,真的都不算什么了。"Tina回忆道。

学业的重重压力,也激发着她对于教育的思考。刚做留学顾问的时候,几乎所有的家长都只关心如何提高孩子的成绩,以及如何能申请到理想的学校。但是孩子喜欢什么,他们正经历着什么,很少有父母知道。

曾有位妈妈,有着强烈的名校情结,绞尽脑汁要把儿子送到顶尖学校,甚至想出非常离奇的办法。从不干涉别人生活的Tina制止了她:"名校虽然很好,但您的孩子学术能力并不匹配,甚至可以说相差太远。就算是您勉强把他送去了，您觉得开心了，可您能代替孩子承受入校以后的压力吗？这种教育，真的是您想要的吗？"这位妈妈顿时无语，听从了Tina的建议。

  我希望看到我的学生很辛苦很辛苦地读书，但是也会在周末的舞会上疯玩一个晚上，我希望他们为了各种课外活动忙得焦头烂额，但这些活动却能给他们带来巨大的乐趣和深刻的回忆。我希望在我的学生身上看到更多的是他们对生活的热爱，真正为了自己理想拼搏的动力。即使有一天，可能他们中的一些人竭尽全力仍然进不了名校，还能很自信地对自己说，我是一个善良的人，我有一个健康的身体，我有许多喜欢做的事情。我觉得，这才是教育的真正意义所在。

  她爱孩子，每一个辅导过的学生，无论走得多远，她都记挂着。她在学校带过的第一届的一个学生，早已从空军军校毕业，已经获得了军衔，但是每次回到旧金山还会约Tina见面，把自己的现状和不愿分享给别人的心事说给她听。

  2016年12月30日，旧金山医院的产房里，一位产妇马上临产，每隔几分钟，就是一阵撕心裂肺地痛。可她拿着电脑还在紧张工作着，医生护士在一旁都看傻了眼，面面相觑，这位产妇就是Tina。

  她的学生，一个九年级的男孩子，正在为准备历史

论文发愁，完全没有思路，不得已向她求助。Tina一边安抚他的焦躁，一边教他如何构思，如何查资料。突然，一阵巨痛猛烈袭来，Tina抱歉地和学生说："对不起，今天只能帮你到这里了，我可能马上要生了。"两个多小时后，她的儿子就出生了。

事后，朋友开玩笑地说："你可能是拿着电脑进产房工作的第一人。"

在斯坦福时，她曾读过一个短篇文章叫做《Girl》，里面有一句话，令她非常难忘。"Don't throw stones at blackbirds, because it might not be a blackbird at all."（不要向黑鸟扔石头，因为它可能并不是一只黑鸟）。"不要下定义，不要轻易去评判，对人如此，对待教育更是如此。

我真的不喜欢挑学生，我相信每个人都有优点。有的孩子可能学习好一些，有的可能更专注于艺术或是别的什么。优秀的顾问，会尊重每个个体的不同，发现他们的独特和唯一。我不愿意全部专注在提高学生的成绩上，这只是留学中的一部分。在辅导学生的过程中，我希望能帮助他们养成自主学习的习惯，帮助他们找到自己的兴趣点，找到人生中最可贵的东西——自信。

为了这篇采访，我和Tina在电话上谈了很久，一直聊到晚上10点多，她还没吃晚饭。采访的几天前，她刚从美国飞到北京，根本来不及倒时差，每天日程表被塞得满满的。家长们通过各种各样的方式寻找她，都希望能和她长谈，希望她施展点石成金大法，把自己的孩子送到心目中的神校。毕竟，能有如此真实丰富的职业背景，有那么多的成功案例的留学顾问，是少数中的极品。

说话的空闲处，她赶紧嚼几片饼干，喝上口矿泉水，电话这头听起来，都觉得有滋有味的，弄得我都饿了。聊到开心的地方，她时不时地大笑起来，就像个孩子。

窗外的夜，如此美好。

兔姐 Vivian　　　来自牛津大学的魔法女生

嗨，大家好，我是兔子姐姐

我和兔子姐姐的相识，是一个传奇。

自从我踏上留学之路，老妈就整天热衷于各种各样的留学资讯。一天，她无意中在喜马拉雅电台看到"留学兔子"平台，点击开来，就听到这句暖心的开场白："嗨，大家好，我是来自牛津大学的兔子姐姐。"此时，大概兔姐暗施了魔法，唤来八方神圣助阵，把我妈成功圈粉，瞬间融化在她的蜜糖嗓音里。

那时，我还在美国上课，并没有在这场情感大戏里出现。半年后，我回国过暑假，时差都没倒过来，晕头晕脑的，就被老妈押着去了杭州，第一次见到了兔子姐姐。

兔子姐姐英文名叫Vivian，中文名是林巍洋，取自《列子·汤问》高山流水一文。牛津大学硕士毕业后，她回国和牛津校友王叔（王耀舜老师）、杭外中学同窗白客（金竞老师）一道，在杭州共同创建了棉心教育，是一所专门培训标准化考试和面试辅导的教育机构。当初创业时，连办公地点都没有，就在家长赞助的会议室里开课，现在已成熟壮大，教室宽敞气派，并在杭州拥有两家分支机构。只要挥臂召唤，绝对一呼百应。

但在当时，我还没有意识到自己找到了名门正派，只惦记着和同学聚会疯玩，一副眼泪汪汪的样子，时刻准备打包行李逃走。兔子姐姐专门安排了一整天，陪我去西湖散步，带我吃好吃的冰棍，我们还一起掐过鸭脖子（雕塑上的），聊了很多很多。她不但懂我的胃，更懂我的心。第二天，我就心甘情愿地坐回到课堂。

在兔子姐姐的课堂上，学的明明是英语，却更像是时时在剖析灵魂。在着力提高英语基础和学术水平的同时，她更注重学生的心智成长和思辨能力的提升。上课时，各种奇葩问题一个个地抛过来，就像是重重的铁砂掌，力道绵厚，穿透力极强，想要拿出点像样的答案抵挡，必须要调动体内的全部真气。

有个杭外学姐在保送面试的前夕，找到兔子姐姐进行密室操练，结果一举成功，被保送到复旦大学。后来，还给兔姐写了一封有名的情书。从其中的片段来看，你会对兔子姐姐提问的功力，略知一二。

"比如兔子姐姐问我，如果你是杭州市长，你会怎么改变这座城市？她给了我很长时间进行独立思考，并在最后告诉了我如'受众面'和'见效时间'等我从未想过的方向。如果二十年后，你会被授予一个奖，你最希望是什么奖？用这样的问题来激发我对目标的深度思考。总之，她是个很学术的人，告诉我从哪些角度出发，可以利用波特五力、麦肯锡的SWOT分析，Skinner的行为控制理论等，气质秒速提升，回答问题很有理论模型，这都是我未曾想到的方面。"

如果有可能，我希望发布一个江湖征集令："在兔子姐姐的课上，你被问过最奇葩的问题是什么？"

总之，她就是棉花糖的外表，小笼包的内心，却是被学生五体膜拜的大神，可以分分钟搞笑，也可以分分钟高大上起来。一堂课听下来，保准你内心翻滚，如同五雷轰击，句句凿到知识盲点，全在痛处。

兔姐的家庭对她影响很大，给予了她丰足的精神世界。她的爸爸妈妈都是出身于农村，妈妈是家里四个孩子中年纪最长的。从5岁开始，就攀山越岭地收鸡蛋换钱养家，7岁下海捉泥鳅、挖海螺贴补家用。恢复高考后，妈妈冲破家庭阻力，复习了整整三个月，板凳都要坐烂了，终于一考高中。消息传来，整个小山村都沸腾了，大家敲锣打鼓，庆祝村里终于有了第一位大学生。后来，妈妈凭着自己的扎实肯干，在工作中取得了令人瞩目的成就。生活中她品格贵重，受人尊敬。"我印象最深的，不是他们教了我什么，而是他们做的事情。"

兔姐的爸爸是位全国知名校长，化学特级教师，更是教育创意实践家，德高望重。而兔姐，就是那只首当其冲的小白鼠，从小就受到了兴趣引导、赏识尊重的教育方式，对兔子姐姐乐观积极、独立自主的性格影响非常大。

很小的时候，老爸就会用各种方法教育我，其中最奇怪的是鼓励3岁的我每天打电子游戏（比如超级玛丽）达到四个小时，而且有通关要求。美其名曰，消除孩子对游戏的好奇心。还买两只鸟回来，被我老妈一顿臭骂，然后辩解说"爱动物的人，才是爱生活的人"。

在教育上，兔爸是从0到1的创造者，而非从0到100的模仿者。他会抱着5岁的兔姐，来到当时任教的中学上课，教孩子们用粉笔和白磷制造鞭炮，孩子们玩得不亦乐乎，也记住了白磷的特性。这种方法，就算是放到西方课堂上，也是非常先进而有趣的。

爸爸的很多成就，来自于他的创造力。教育管理是一门最无法学习的课程，因为教育者有天生的"指导他人"的能力，而这种能力会包装内在的空虚。所以判断教育管理者能力的好坏，要剥开很多很多层的伪装，才能看到内核。爸爸的教育思想点燃了我的内心，我相信，也能鼓励更多的年轻教育管理者。

与优秀者同行

兔子姐姐本科就读于武汉大学，大学三年级时，通过交换项目去了澳大利亚格里菲斯大学。

由于有过多年国外旅游经验，兔姐到达澳洲时，并没有像其他留学生心情忐忑，也根本不想家。交换生在国外大学里是一个比较特殊的群体。开学

后，兔姐感觉无人问津，居然认认真真地给院长写了一封邮件，大体内容就是您到底准备怎么培养我们呀，把计划和安排说来听听之类的。院长看了邮件大为感动，热情地邀请兔子姐姐到家里吃饭。能去大学院长家蹭饭，这在国外还真是一件了不得的大事。席间，院长抛出橄榄枝，表示愿意招收兔姐做他的博士生。

　　澳大利亚是个神奇而美丽的国家，人与动物之间友好相处的景象，让兔子姐姐颇为震撼。在校园里，半人多高的蜥蜴随处可见。天气好的时候，它们会四处散步，也喜欢爬进图书馆，看看学生们都在读什么书。小浣熊也愿意来凑热闹，跑到屋顶上，想要加入学生的课堂讨论。澳洲的乌鸦，有的体型比鸡都大。它们完全没有进入人类领地的恐慌，个个闲庭信步，悠然自得，好像它们才是澳洲的主人，而人类只是这里的借住者。

　　当然，异国求学的生活并不全是阳春白雪，每个人都要学会如何与孤独相处，如何在挑战中求生。曾经，兔姐一个人拖着很多日用品，错过最后一

班公交车，又搭不到车，一边流泪，一边双腿发抖，把东西往住处搬，累坏了就坐在公路边哭泣，心里安慰自己说，别哭了，马上就要到了。

每到周日的傍晚，学校里一个人也没有，不会开车的我，小心翼翼地绕过一群巨大的蜥蜴。那时候，这里的中国学生还不多，我在路上堵住了几个中国姐姐，跟着她们去蹭MBA课。老师们都很喜欢我。不过后来她们就不带我去了，因为我话太多，上课太喜欢发言。

本科毕业后，兔子姐姐申请到香港中文大学读硕士，主修传媒方向。与许多大学不同的是，香港中文大学致力营造自由开放的学习空间。在这种学术氛围倡导下，兔姐研究了一个很多人难以接受的课题：同性恋。她还加入了学校辩论队，参加多场比赛。

两年后，她在阳光卫视工作了一段时间，所有人都认为她已经功德圆满，可以安稳度日了。谁知，兔姐居然脑洞大开，申请了牛津大学商学院的MBA。

牛津大学是一所誉满全球的世界顶级研究型大学，涌现出一大批时代的科学巨匠，也培养了大量开创型的艺术大师及国家元首。其中包括27位英国首相、64位诺贝尔奖得主以及数十位世界各国元首和政商界领袖。

旗下的林肯学院始建于1427年，其MBA项目可与哈佛大学相媲美，申请条件严苛，课程难度较大，入选者都是世界范围内的佼佼者。在兔子姐姐入学前，同学中很多已是行业精英，有的是某个领域的专家，有凤凰卫视同声传译的记者，有两米多高的奥运冠军，还有几个来自战乱国家的兄弟友人，据说回国后是准备竞选总统的。当然，其中也不乏名人之后，有位同学的曾祖是林徽因和梁思成。简直可以用"人才济济"四个字来形容，一时间看得兔姐眼花缭乱。如何与众多的优秀者并肩同行，闯荡江湖前，兔妈早已给女儿赐下锦囊。"初中时，我妈就曾和我说过，即使站在巨人的面前，也要保持人格的独立。"这句话，兔姐一直奉为真经。

在牛津大学就读的一年间，改变了她许多对于世界的认识，也彻底改变了兔姐的命运。在这里，世界是平的，"我同学中还有一个残疾人，小儿麻痹症的患者，手脚都是萎缩的。但在牛津，没有人因为你不一样，会给你打标签，觉得你没有未来。"

与此同时，她结识了一大批优秀的伙伴，大家三观一致，性趣相投，对于兔姐日后创业发展和人际交往，起到了至关重要的作用。回国后，也因为有着共同的求学经历，身边渐渐聚集了更多优秀的牛津校友。

颇为神奇的是，她结识了自己日后婚礼上的伴娘Hannah。这位可爱的英国姑娘喜爱交友，在牛津大学主修德语，"Hannah从小体弱多病，需要一直打针吃药，她说自己可能一辈子不能生育。但是，你在她的脸上看不到任何悲伤。"课余时间，Hannah参加了牛津大学的划艇队、合唱团，毕业后申请到英国政府部门工作，专门帮助穷人。她也是个仗义的姑娘，为了当初念书时候的一句承诺，Hannah就漂洋过海来参加了兔姐的婚礼。

为了保持世界领先的学术地位，牛津大学MBA班的教学非常严谨。一群超过三十岁的成年人，不得不过着国内高三时临考冲刺的生活，学习压力之大，简直难以想象。兔姐此时与猫哥开始了异国热恋，要兼顾两地时间不同，经常熬夜视频。

牛津倡导苏格拉底式的提问法，最让人难以接受的是，学生30%的分数来自于课堂发言。每堂课，有专门的秘书当场记录，教授再根据记录评分。这对于不太习惯在公众前发声的中国同学来说，简直就是一种折磨。

此时，兔爸的教育实践对兔姐发挥了空前的积极作用。特别是在财务课上，兔姐就是奇葩的存在，不停地举手问个不停，还必须要弄懂为止。

每次举手回答问题，99%的可能性，是我错了。每次举手提问，都是要求全班同学等待我这个财务白痴弄懂。有一次，我都内疚了，和Finance老师说，不好意思老师，我这个问题可能有点蠢。老师说，这个世界上，没有愚蠢的问题。只有愚蠢的人，假装自己懂，却不敢像你这样提问。

魔法来自于哪里

在踏入牛津大学之前，兔姐已经创办了"留学兔子"平台，专注留学教育和出国培训，点击率逐月激增。有位00后的小男生和兔姐素未谋面，听过之后，在后台留下了这样的一段话："兔子姐姐，我把广播听完啦，觉得你真的好厉害！（和外面那些妖艳的贱货真的好不一样）而且很实用。"当时，兔姐正在吃零食，顿时笑喷一脸。

回国后，兔子姐姐觉得自己应该闭关一段时间，好好思考一下人生。却不料，杭外中学的同窗白客火急火燎地跑来说："兔子，学生都已经招好了，你就赶紧上课去吧！"于是，兔姐和棉心教育有了一段美好的开始。

在我心中，一直有两个兔姐：一个活在尘世间，仗义行天下，搞笑卖萌；一个活在魔法世界里，手舞着华丽的权杖，将一个个熊孩子点化成人间精灵。或者她根本就是个集各种魔法于一身的隐士，否则为什么只要你靠近她，就会不自主嘴角上扬大笑，烦恼统统都跑掉。

那么，她的魔法到底来自哪里？

我想，应该是来自她风趣豁达的性格。有一位男生，在朋友圈里晒与国内知名小花旦的合影，正得意间，兔姐给了他一根胡萝卜大棒："你不征服英语，如何征服世界？你不征服世界，如何征服美女？所以，快去写作文吧，女人是别人的，英语是自己的。当你没有把单词踩在脚下，你就会被女神的男友踩在脚下，没有女人会看得起连单词都背不出来的男人，SAT不到1500分，你有什么底气追女神？"

"不高分，无女神！"

看得这位男生热血贲张,在微信里大声嘶吼:"今天就给我加作业!"你看,只要在兔姐的魔法加持下,其实学习也不必太苦情。

　　魔法来自于爱情。在兔子姐姐的微信上有这样一段话:"穿一条美而不浪的裙子,做一个甜而不腻的人,唱一首鲜味满满的歌谣,爱一个正当年龄的男生。"这个正当年龄的男生,就是大名鼎鼎的猫哥,留学兔子平台上的网红一哥。

　　猫哥,是国内三甲医院的骨科医生,青年才俊,帅得不得了。时常在"留学兔子"的公众号上撒狗粮,偶尔还客串播音员。和兔姐是天造地设的一对，两人合体就是搞笑版的"史密斯夫妇"。有个住院的患者偷偷找了法师给自己捶腰，被护士看到了，赶紧给猫哥打电话。猫哥接到了这通追魂夺命call，一边跑一边问："妖僧呢，妖僧在哪里？"

2016年9月，兔姐和猫哥在经历了异国恋、异地恋之后，终于结成夫妇。王叔（棉心教育的联合创始人之一）把这场婚礼进行了网上现场直播，世界各地的几千人在线见证了他们的幸福时刻。兔姐的学生、好友从美国、澳洲、德国、香港等地纷纷送上祝福。后台小伙伴们积极打赏，这些雪花银，都被这对"史密斯夫妇"捐赠给慈善组织了。

我爸妈居然驱车几百公里，专程赶到婚礼现场，送去祝福。特别搞笑的是我老妈看到兔姐换上一袭红装，娇艳动人，估计想到了将来自己嫁女的场景，当场泪水滂沱，哭得一塌糊涂，差点抢了兔妈的镜。

魔法来自对孩子的仁爱。兔姐时常接到国外的学生电话。有时候，电话那端的小屁孩超腻人，没有什么主题，也不问兔姐是不是正在忙，煲起电话粥来，不紧不慢，没头没尾，絮絮叨叨。这么多年来，兔姐有一个好习惯，无论是没完没了的语音、还是越洋电话，她从不主动挂断。

他们有很多苦恼和焦虑，不敢和父母说，因为他们想要证明自己。但是人生的困局，就会不时地到来，这时候，他们需要有人倾听。其实，透过语言的细枝末节，你能感受到一个未成年人，在海外那种撩人又绝望的孤独里面，各种困难在前，给你的信任。

写到这里，我想起了兔姐曾问过的问题："三十岁的时候，你想成为什么样的人？"

最开始，我们的回答都很稳健："有个安定的工作，养家，有个房子。"

兔姐这样告诉我们："不要为你究竟是谁烦恼，要去想你该做什么。不要告诉我你30岁时就想赚一份钱，做一份工作，养家糊口。你还有十几年去描绘，你的蓝图要不一样。"

一番头脑风暴过后，我们都换了答案。

"我想做一个无国界医生，渴望去叙利亚看一看战场。我也要写一个报道，是关于叙利亚真实感受和生活状态的。"

"我想去乌克兰切尔诺贝利核电站去看一看，思考重大灾难和人类的关系。"

"我想去做南极科考队员，我想做科学家，我要保护濒危动物。"

在我决定写这本书的时候，就把兔姐的名字列入了名单。她的经历真实又生动，有趣也感人。透过她的故事，可以带给更多的人对于教育和留学的思考。

只要不和兔子姐姐抢吃的，你们肯定能做好朋友。真的。

腹有诗书气自华

国际留学生俱乐部的创始人

2015年春假，我正犹豫着是否要转学美国。这时，恰逢爸爸到加拿大探望我们，决定陪同我到美国加州考察当地高中。

到达位于旧金山湾区的一所女子高中时，接待我们的是一位16岁的在校女生。当时，我们对16岁的学生有着自己的理解，可以很可爱，也可以很有礼貌，但一定有点稚嫩。眼前的她绝然不同，优雅自如，成熟稳重，从学校的历史到设施，从办学特色到学生构成，如数家珍，娓娓道来，甚至还贴心地走在另一侧，以防挡住我和爸爸四处张望的视线。

她带领我们参观了活动室、画室、篮球场，也在走廊里分享了自己对于择校的看法，听得爸爸直点头。尽管之后又看了几所学校，但我和爸爸全都认定了这所女子高中。带领我们参观的女孩子，就是我的学姐Jacy，目前就读于美国顶尖的文理学院——瓦萨文理学院，是名大二学生。

可以说，我是被Jacy从加拿大"骗"到了美国，"骗"来了现在的学校。幸运的是，我从来没有后悔过。

国际生报到的当天，来自五湖四海的小伙伴们聚在一起，欢聊起来，我们都迫不及待地加了同一个微信群。这个群，也是我们这些中国小留学生的家。有人在群里问作业、问美食、问人生，有的人在群里找到了好朋友，还有人在群里分享心情。毕业的去了不同的大学，又新来了一批陌生面孔，大家还是喜欢待在这里，有时聊得正经，有时疯得开心。

后来我才知道，这个群是Jacy独自创建的，旨在为有意向来我们学校的国际留学生提供信息服务，并且为刚来的同学提供必要的帮助。后来她以这个群为核心，在学校创立了国际留学生俱乐部，她是俱乐部的主席。

俱乐部创立之初，过程还是非常艰难的。那时，微信远不如现在普及，许多留学生的联络方式，还是国内中介的E-mail。所以Jacy不得不发邮件挨个询问，才找到了大部分的中国留学生，把她们拉入了这个群。后来，她还做了一个调查问卷，详细询问了大家来自哪里，兴趣爱好和性格特点等，以便彼此间尽快熟悉交流。

当时，已经快到期末考试，学习压力很大，Jacy每天早上起来，微信群里都会有200多条留言，急需回答的问题就有十几个。问题五花八门，来自各门各派，有关心怎么学的，有关心怎么玩的，Jacy都耐心地逐一解答。

有个女孩子问她学校校服是什么样子的？"我把校服全翻了出来，挨个穿上，所有款式统统拍成照片，发到群里分享给大家。"刚报到的新生有什么困难，她会主动问询，提供帮助。

她经常会协助老师组织各项活动，每年的中国春节的庆祝活动，都弄得有声有色。甚至有时她正在上着课，就会收到负责招生的老师的信息，询问她现在是否可以马上出来，带领前来考察的中国家长在学校参观介绍。

在我记忆中，她是一个非常有仪式感的女生。学校举办舞会的时候，Jacy会邀请一些好朋友去她家里，看到她精心准备的裙子，用心挽起的长发，我们都对当天的活动满怀期待。

当然，对于入读女校一事，我们有着同样的感慨。"读女校对于我的性格和处人方式有着根本上的影响。可能在某方面更独立，能力也更强些。但在社交上，尤其是男女交往方面，我觉得完全不了解同龄的男生，不知道他们应该是什么样子，他们在想什么。"我相信，这是我们共同的遗憾。

"别人家的孩子"

从小到大，Jacy都是家长口中那个"别人家的孩子"，性格乖巧可爱，学习又好，才情又高，善解人意，得体的过分，反正哪儿哪儿都好。

在我们家里也是如此。我爸妈开口闭口全是这句："你看看人家Jacy……这事你最好问问Jacy……"我爸在第一次参观学校时就中了她的"毒"，至今没有解药。他坚信学校能教出Jacy这么优秀的女孩子，也能把他的女儿培养得一模一样的优秀。老妈偶尔间看到Jacy的在校成绩，当场惊讶得哑口无言。不知什么时候，偷偷在微信上加了Jacy为好友，经常向她暗送秋波。

小学时候，Jacy就读于北京市中关村三小。学校地处中关村科技园区的核心地带，治学严谨，学术成果斐然，在全国教育界赫赫有名。Jacy当过课代表、班干部、中队委，也被评为三好学生。尽管在学习方面如此优秀，她却备受呼吸道炎症的困扰，经常缺课。

有一次，她长达一个月没去上课，期末考试时数学仍然考了一百分，老师简直惊呆了，幽默地对她说："你吃什么药了？要不让其他同学也吃点。"大概这位老师怎么也想不到，此刻坐在自己课堂里的这个小不点儿，顶着大大的脑壳儿，活像颗可爱的小豌豆，竟然会在未来的数多年里和自己相知甚厚，成为他一生中不多的无话不谈的挚友。

Jacy是家里唯一的女儿，自幼家教严格，爸爸工作繁忙，教育女儿的重担就落在了妈妈肩上。Jacy的妈妈美丽优雅，教导女儿的方法也很特别，就是既要读万卷书，也要行万里路。在Jacy还不记事的时候，妈妈就带她到各地旅游。小学期间，妈妈会预先买好下学期的语文课本，把课本中提及到的地方全部标记出来，一到假期，母女两人就会去这些地方游览。至今，Jacy的脚步已经走遍国内的34个省市、欧洲的十多个国家、美国、加拿大、墨西哥、日本等国，在我眼里，她简直就是同龄人中的徐霞客，旅游经历完胜绝大多数的成年人。

开学后，同班的小伙伴们打开语文课本，读到的是文字，和文字描述出来的意境。但Jacy不同，她刚刚踏上过那片土地，舌尖还眷恋着当地的美味，耳边还响着那里的风声。和当地人交往过后的感触，日月相映下的绝妙景色，大地横亘开来的宏伟壮观，都在久久激荡着她的心。

移居美国之后，一家人旅行的脚步也越走越远。"高一的时候，我们读希腊神话，假期我们一家人就去了希腊。学文艺复兴史的时候，我们去了意大利，包括宗教课的时候，也会专门去世界各地的教堂，看一些著名的画作。我觉得妈妈这种方法真的特别了不起。不但让我开阔了眼界，变得很自信，也会把我的人生格局放得更大。"

还有一件事，在采访Jacy前我从没想到，这个在我们眼中完美无比的女生，原来也曾有过痛苦和失落。感谢她在采访之夜给予我的坦诚，多走近她一些，就更爱她几分。

2010年1月20日，是一个非常难忘的日子。这一天，正在读小学六年级的Jacy随同父母，举家迁往美国。

刚去的时候，她还不太会讲英语，上课听不懂，作业也不会做，没有什么朋友，很难过，心里落差也很大。第一堂是生物课，老师介绍一大堆教学大纲之类的，留下作业说："biology test book, chapter 1 ,the outline due on Friday."她不知道outline是什么东东，而书上的生物专有名词她也一个都不认识，却要在几天后和当地的学生一样参加考试，并且分数会被记录在册。Jacy感觉自己正从昔日学校里的佼佼者，落入一个看不见的黑暗谷底，满腹的不甘心和委屈根本无处安放，整个人都要崩溃了。

中午吃饭的课间，Jacy独自站在走廊里哭得伤心。校长从她身边路过，关切地问："孩子，你到底怎么了？"父母看在眼里，也很焦急，但丝毫没有头绪。这时，她找到了一位特殊的倾诉者——那就是曾经在中关村三小教过她的数学教师杜老师。

"每周五晚上我们都会通话，对，几乎是每周，这种情况大概持续了两年多的时间。我会把在美国发现的不一样的事情，或是艰难的事情说给他。他也会从教育者，或者管理者的角度，和我讲什么是教育，当老师是什么样子的，他们的工作和表面看起来有什么不同。他既可以听我讲话，也给予了我很多实际的帮助。"有时，聊天的话题已经严重超越了一个小学生的年龄，他们经常会聊到当下的时事热点，师生两人相隔万里，探讨着政治、教育、学习和人生。

每周五的长途通话，有效缓解了Jacy初到美国时的苦恼和烦闷，点燃了她的热情，也埋下了立志从教的火种。"可以说，杜老师把我对教育的梦想都发扬光大了。我在申请高中时的文书中写到了他,申请时大学的文书我还在写他。现在我都上大学了,上教育课时我还会在文章中写到他。可想而知,他对我的影响很大。"

后来,对Jacy产生深远影响的还有我们学校的前任老校长。那是一位非常和善而且敬业的女士,在校任教时间长达23年,受到全体师生的尊敬和爱戴,是学校灵魂式的人物。每天上学前她早已经到校,路过她的办公室总能看见她忙碌工作,放学后很晚她还在。

"我非常喜欢她,觉得她非常亲切,就像是自己家里的奶奶,她也喜欢我。有事没事,我都喜欢去找她聊天。有时,在上学路上听到一首好听的歌曲,就会走进校长室,和她聊几句。"不管老校长在做什么,只要看见有同学走进来,都会马上放下手里的工作,认真地听同学们说。

一路走来,Jacy幸运地遇到不少恩师、名师,在受到欣赏的同时,让她对于教师这个职业有了天然的亲切感。她真切地感受到,原来真正的教育家,不是冷冰冰的说教,不是居高临下的关怀,是做为一个平等而知心的朋友。他(她)肯俯下身来,注视着你的眼睛,认真地倾听你的心事。在和声细语中,交换着彼此的意见,引领着你去探索教育本身的意义,而不是只把你当作一个单纯而懵懂的孩子。

东方才女和她的世外桃源

在瓦萨文理学院的一个活动现场，人声鼎沸，很多金发碧眼的美国学生围在一起，把好奇的目光都投向了舞台方向。一个穿着中式服饰的女孩儿面若桃花，微笑含语，十指轻柔地拂拨琴弦，优雅的古筝声随风飘过来，征服了在场所有人的心。这个女孩子，就是入学不久的Jacy。

Jacy自幼受家庭影响，很早就接受了中国古典文化的熏陶，可以背诵大

逆风飞翔

段的古文，唐诗宋词更是信手拈来。她弹得一手古筝，摄影一流水平。闲暇时经常被邀为帅哥美女们拍美照，再配上几段温婉的文字，岂是一个美字可以形容。

"两袖樱梅，款款木屐，垂发绕三簪，谓比唐年笼。穿廊入，微光浮，稻荷神明，红柱依畔，只为锦祥求。虽旖旎，欲已夕，一缕清风袭袭，望劝佳人归。"这篇Jacy发在朋友圈的小文是我非常喜欢的一段，照片中她佳人独立又眉目含情，清新可爱也风情万千。

Jacy所在的瓦萨文理学院，位于纽约州波基普西市，是东海岸最负盛名的文理学院之一，属于著名的小常青藤，由于拒绝了耶鲁大学合并的邀请，被称为"拒绝了耶鲁的学校"，培养出了大批的艺术家、科学家和多位普利策奖、奥斯卡奖得主。

尽管学校威名远扬，刚去时，Jacy还是非常的不适应，这里的自然环境和生活条件，与自己以往居住的北京、旧金山湾区都有着天壤之别。

没有Uber，没有Downtown，没有公共交通，步行能到达的只有两三个餐厅，虽然距离学校20分钟车程有一个商场，但和同样品牌的其他分店比，东西似乎也有着说不出的寒酸。按理说坐火车两个小时就能到曼哈顿市中心，但时间、金钱、和小伙伴缺一不可，去一趟谈何容易？

让人心塞的，还是吃不好就想家。食堂里不是没味道的鸡肉、一股药味的饭，再不就是千年不换的披萨。写到这里，我感慨万千，这是多么熟悉的感觉呀。我忽然想起来同学Annie。有一天，在寄宿家庭做了一盘西红柿炒鸡蛋，结果寄宿家庭里的大女儿惊讶不已，原来西红柿和鸡蛋可以做出如此人间美味，唉，有时也挺真同情外国人的，那么多的好吃的都没吃过。

其实最难捱的还是每年的中国春节。一般这天，美国学校还在上课，晚上打开同步直播的春晚和爸妈视频，看见一大家子热热闹闹聚在一起，其乐融融。再想起来自己晚上吃的冷饭冷菜，多少次眼泪都想流下来。

八个月后，Jacy就把偏僻山村的生活过成了世外桃源。一年间，她修了9门课，横跨经济、教育和亚洲文化专业，还有历史、政治、法语和音乐等方面，认识了更多的教授。周末约上小伙伴打打球，订个外卖，一起聊得昏天黑地的。

两个学期下来，竟然发现自己认识了中文系过半的老师，有教我儒家哲学的美国老头，有各种问题就可以去他办公室打扰的系主任，还有一提起各种美食就眼睛放光的呆萌历史老师。一次，研究藏传佛教的复旦大学教授来做讲座，结束后，看我们几个同学感兴趣，还带我们一起去吃饭。对每个教授有了更深的了解，似乎他们是一个个亲近的长辈，盼着你好，为你的成就自豪。

空闲下来，她会找各种机会做义工。高中时，几个暑假都耗费在SAT上，去年暑假也是一样，不过角色、位置截然不同。她选择了自己曾经补习过的国内培训机构，申请当了助教。35天从早到晚，不间断地陪着一群暖心可爱的孩子。有时晚上11点多学生们才陆续回家，她一一道别，还要确认每个人平安到家，认真又操心的样子，让人叹服。

她依然保持着假期远行的习惯。2016年12月份，Jacy去了瑞士、捷克、奥地利等欧洲各国……

今年1月，人在广州……

之后，去了北京、呼和浩特……

3月，在上海、天津、南京……

6月，日本，又和高中同学去了成都、重庆……

她在朋友圈晒出来的美食、美人、美图、美景，都让为成绩日夜奋战的我羡慕不已。隔着手机屏幕，能清晰地感受到，有种气质在Jacy的身上流淌，那里面一定有她读过的书，走过的路，看过的风景，思想过的人生。

我想，这就是腹有诗书气自华吧。

谨以此句，与各位，与我自己共勉。

Cherry

从哈佛走向世界

通往艺术之门

一个白白瘦瘦的女孩子，缓缓走过美国南部的白沙漠，走过瑞士的皑皑雪山，走过德国巴伐利亚的梦幻之地——天鹅堡。她，就是我们今天的主人公Cherry。只要看上一眼，你就会难忘她那一头乌黑亮丽的长发，随风飘动着，美得不可方物。她的声音酥甜软糯，像极了江南初春里的蒙蒙细雨。

Cherry出生于北京，听到她的成长故事，着实把我吓了一跳，年纪轻轻，经历竟如此丰富。10岁随父母移民加拿大，18岁考上美国加州大学伯克利分校，19岁从伯克利交换去了荷兰、比利时、卢森堡，20岁在《时尚芭莎》实习，21岁在美国知名企业实习，并交换去了法国巴黎。22岁考入美国哈佛大学，以全A成绩毕业。目前在纽约知名艺术工作室任职。在学习成绩一直保持在极佳水平的同时，深度游览了三十多个国家，其中有法国、西班牙、英国、意大利、澳大利亚、日本、新加坡等热点国家，也有多米尼加、波多黎各、牙买加等小众旅行圣地。到目前为止，这串长长的旅行国家名单，大概很多人拼其一生都很难走完。

纵然走过万水千山，Cherry人生真正的起跑线是从温哥华开始的。

幼年的记忆，她印象并不十分深刻。10岁那年，随父母举家搬迁，来到加拿大的温哥华。这是一个被公认为全球最适宜人类居住的地方，号称是在公园里的城市。雪山、大海和森林在这里相遇，气候四季宜人，而开放的移民政策、包容的社会文化也为温哥华增添了无穷的魅力，吸引着世界各地的人前往，更是中国精英阶层移居海外的理想城市。

Cherry就读于当地的一所公立学校，七年级的时候，她遇到了人生中的第一位严师。"他是我们的英语老师。每天上课前，他都让我们听一篇新闻报道，我们就要疯狂地记笔记，不能看别人的，必须独立完成。然后背上自己听到的内容，去考试。"最开始，十分钟的新闻，Cherry勉强能听出来零星几个单词，一大张白纸，只能写上可怜的一两行字，空荡荡得让人难堪。无奈之下，只好在课余时间加紧练习。几周之后，她发现自己的英文进展飞快，可以记录下大段大段的报道。

正是源于老师的严苛训练和多年的勤奋苦学，Cherry讲得一口流利娴熟的英语，发音非常纯正标准。

随着年龄的增长，Cherry开始思考自己的人生方向。温哥华气候、环境一流，但慢节奏的悠闲生活并不是她所追求和向往的。随着各地移民的不断涌入，富裕家庭越来越青睐于定居温哥华，当地学生中有一大半都是新移民子女，也有相当数量的华人。学生们拥有的宽松和自由，是很多国内孩子难以想象的。一些十几岁的中学生就开上了跑车，女孩子们背着名牌包包去上学，浮夸程度让人咋舌。Cherry渴望过着忙碌而充实的生活，希望与激情创造者为伍，要靠自己闯出精彩而不平凡的人生。

经过一番深思熟虑，她决定去美国读大学。这对大多数人来说是个不可思议的决定。但Cherry做事目标明确，现在这种渴望激发出更多的潜能，并且决心坚持到底。

但接下来的申请过程，并不是一帆风顺。

虽然都是北美国家，但加拿大和美国的中学教育制度还是有着非常大的差别，所以从加拿大申请到美国读大学比较有难度。幸运的是，Cherry遇到了一群志同道合的小伙伴，大家都想考到美国读大学，就一起去学AP课程，结伴补习SAT。在备考的难忘岁月里，彼此互相鼓励，结下了深厚的友谊。这群优秀的小伙伴后来纷纷考上了自己心仪的美国名校，珍贵的友谊沿续至今。每年，他们都会聚在某一个城市，畅谈理想，交流感受。

Cherry爱好广泛，尤其在绘画和摄影方面表现突出，这些兴趣在父母那里总能得到及时的鼓励。自幼形成的艺术修养，为本科申请着实增添了闪亮的一笔。但仅仅有艺术特长还是不够的，想申请到美国名校，做出有特色的个人作品集，是重中之重。

这时候，Cherry遇到了人生中非常重要的第二位导师。老师在温哥华创建了个人工作室,专门提供给想要读艺术专业的学生。她每周都会去工作室做画,为专业申请的作品集做准备。整个过程比较漫长,有的甚至需要两三年的时间。

"每周我都会过去,要做不同的东西,有时是素描,有时是摄影,最后合成一个作品集,全部都由你自己整理出来。"老师非常耐心,尊重每个人的想法,给予所有学生最大程度的自由。他坚信艺术需要想象力,需要创造,而不是用自己过往的经验,去牵绊住这些年轻骄子的翅膀。他从不手把手教,只是商量,偶尔会提出一些建议,所有的步骤都需要自己独立完成。长达两年的悉心指导,让Cherry受益非浅。

工作室里汇集了不少的学生,大家年龄相近,爱好相同,学习气氛活泼有趣,给枯燥乏味的申请过程增添了不少亮色。

万水千山走遍

在大学专业的选择方面,父母给了Cherry足够的理解和自由。Cherry的爷爷奶奶都是大学教授,理工科方向,学识渊博,家风严谨。在那个文科备受冷落、理科走遍天下的年代,Cherry的爸爸服从了父母的安排,弃文从理,割舍了自己对诗书的热爱,这也成为他多年来心头隐隐的痛。

在报考志愿时，父母一再告诉Cherry，要听从发自内心的声音，坚持自己的爱好。12年级下半学期，在一堆大学录取通知书中，她选择去了加州大学伯克利分校，主修艺术历史。

伯克利是加州大学的创始校区，也是美国最自由、最包容的大学之一，该校学生于1964年发起的"言论自由运动"，在美国社会产生了深远的影响，改变了几代人对政治和道德的看法。多年来，伯克利人才辈出，先后培养出91位诺贝尔奖得主，以及世界各项重量级奖项获得者，在学术界享有盛誉。

没多久，Cherry对学校倡导的自由包容，有了更深刻的体会。"有一天，我去学校公众图书馆，发现好几个流浪汉坐在里面，根本没有人管。每年4月20号，是国际大麻日。这一天，学校里会有上百人坐在草坪上，一起抽大麻，吞云吐雾的，当时确实有点被吓到。"

入学后，Cherry感受到不小的压力，很多同学都是以往学校的佼佼者，无论是学业水平，还是从小培养出来的艺术能力，都令人叹为观止。再加上伯克利的学业考核难度非常大，想拿到不错的分数，都必须投入非常大的精力和努力。Cherry埋头苦读，开启了无敌学霸模式，学习上一直遥遥领先，各科成绩始终保持在全A的状态。

大一暑假的时候，她和一些同学跟随着导师交换去了欧洲，为期两个月。这位导师是荷兰人，带着Cherry他们去了自己的家乡，游览了不同的城市，安排学生们去当地家庭里吃饭，和市长见面。之后，Cherry做了这位老师两年的助教，申请研究生时的推荐信，也是老师帮她写的。

那是一个终生难忘的夏天。学生们每天住在不同的青年旅社，拖着巨大的行李，在欧洲不同的城市间穿梭，既辛苦也开心。"老师给了我们非常大的自由。到了阿姆斯特丹，那是个很开放的城市，老师带我们去酒吧，看一些精彩的表演，他特别相信我们。"

师生每天徒步行走，距离达到20公里以上，对体力是个极大的挑战。最不可思议的是，八个人同住在一个房间里，共用同一个卫生间。每个人作息方式都不同，从早上如何洗漱用厕所到晚上分配各自的洗澡时间，平时微不足道的生活细节，现在都要不断地协调适应。

印象最深的是，有一次好久都没有洗衣服了，大约有一周。当天课程结束后，我自己拖着一个大大的箱子，走出去二十多分钟的路程，到最近的自助洗衣房。老师要求我们每天都要写游记，当时已经很晚了，我就站在洗衣间，拿着笔，在餐巾纸上写完了当天的游记。回去后，还要在电脑上打印出来，才能够睡觉。

这是Cherry第一次在集体中，朝夕相处，学会了如何在群体生活中调整自己，学会了包容，尽量去理解别人想法，照顾别人的感受。对于一个从小被呵护备至的女孩子来说，这是她人生道路上非常重要的一课。

大三上半学期，凭借着优异的成绩和出色的艺术表现，Cherry得到去法国交换半年的机会。到另外一个国家，用另外一种陌生的语言学习和生活，是一段非常独特而且难忘的经历。按照学校的安排，她寄宿在一个法国老太太的家里。有时周末时，儿女会过来看望她，一家人坐在大的长条桌前吃法国传统正餐，每次基本都要吃上三个小时。此时，Cherry的法文学习刚刚起步，交流起来有些困难，但她还是积极地参与到大家的话题讨论中去，和大家建立了良好的关系。短短几个月，她的法语进步神速。

那半年，对我的人生改变最大。包括与人交往、培养独立性等等。学会了一个人如何在陌生的城市，应对各种各样的困难。

美术史的课，必须要到巴黎不同的博物馆。每天要去的地点不一样，语言又不通，怎么去就是件让人很头疼的事情。

早上八点上课，坐地铁需要四十分钟。出门时，天还是漆黑一片，走在去地铁站的路上，Cherry希望天气哪怕能稍微暖和些，起码不用像现在这样冻得手脚发麻，浑身瑟瑟发抖。但寒冷而漫长的冬季似乎更喜欢待在巴黎，久久不愿意离开。"有一天早上，寄宿家庭停电了，牛奶都热不了，吃不上什么东西，真的有点很难过，好冷的感觉。"

从小开始，父母经常带她出国旅游，每年都会去不同的国家。Cherry渐渐爱上了旅行，爱上了行走中的新鲜感，每到一处，风情人物都迥然不同、语言各异，见得人的多了，经历的事情多了，眼界自然就更宽更广了。

读大学后，但凡学校有假期，她就会去世界各地游览。如何平衡学习和旅行是一件非常重要的事情。她时时提醒自己不要忘记学生的身份，学习是目前来说最重要的。

在法国交换的半年间，她先后去了英国、丹麦、希腊等地。感恩节的时候，Cherry订好去丹麦的行程，约上朋友就出发了。临走前，Cherry没有查看学校考试的时间安排。

"无意中发现，有场考试的时间，竟然就在我从丹麦回来的第二天，当时人就傻掉了。可是已经和朋友约好了，没有办法更改。我只好在火车站，在飞机上一直在看资料。每天早上不得不五点钟就起床复习，八点和朋友们一起出发游玩。"纵然这次考试来得措手不及，但结果还是令人相当满意的。

半年的交换学习很快结束了，Cherry的所有学科成绩全部拿到了A。

成为最好的自己

本科毕业后，Cherry以全A的成绩轻松通过了哈佛大学的硕士申请，有机会结识世界级艺术领域中最优秀的人，成为大家眼中羡慕的天之骄子。

Cherry是处女座，是一个不折不扣的完美主义者。这种完美并不是约束，而是一种习惯，根植于生活中的每时每刻。她本人工作学习中高度自律，也非常守时，就连和朋友见面，都像重要的工作面试一样，反复确认，从不迟到。偶尔见面的人不按时到达，她就会觉得有点难以忍受。工作进程中脱离了原有的计划，她心里就会非常别扭。

但后来经历的许多事，悄然改变着她的性格。

在校期间，她需要领导几个小组成员共同完成一个集体作业，或许是担心同学们不够重视，或者只是想把论文写得更好。她一个人通宵达旦地忙了好几天，进行了海量的资料查阅和整理工作，独自完成了满满10页的大论文。甚至顾不上吃饭，睡眠时间也被一缩再缩。

这次作业完成后，不出意料得了A，但Cherry感觉身心极度疲累，这才意识到可能自己的想法是错的。凡事力求完美，靠自己一个人的力量，拼死拼活地做出一件满意的作品，这对一个小组的领导者来说，不是最重要的，更不是她想要的。她坚信，每个人都有独特而不可替代的优点，做为领导者，最重要的是如

何发现组员的闪光点,并加以调动,学会如何与大家协作,共同完成一件优秀的作品,哪怕它可能会有些许瑕疵。

  在研究生将要毕业的一个晚上,Cherry感到特别地心烦气躁。心仪的工作机会还没有准确的回复。另外有几个项目,已经向她抛出橄榄枝,但并不是特别适合自己。她觉得自己被推到了一个巨大的岔路口,一时间不知道该怎么抉择,就业的第一步到底向哪个方向走。

  天色已晚,她在房间里烦闷难耐,顺手拿起外套,走出去很远很远。走得有些累了，正好看见街边一家星巴克灯光通明，她走上二楼，坐在了靠窗的位置。通过玻璃望出去，整个城市笼罩在一片朦胧的光影中，寂静幽远，仿佛所有人都已经在酣睡，没有人会倾听她此刻的心声。

渐渐地，邻座的年轻男子引起了她的注意。"他看起来和我年龄差不多，20多岁，背着很大的包，身上有股不太好闻的味道。他可能是属于那种条件比较好的流浪汉，还有一部手机，当时他正在翻看手机。我们自然而然聊了起来，他说自己正在等安置所的短信，或许自己可能被抽中签，这样就可以在床上好好地睡一觉。"上一次被幸运地抽中签，还是在两年前。

这个年轻男子是位可怜的孤儿，从小在孤儿院长大，条件很差，一直过得很凄苦。他不知道自己父母是谁，现在人在哪里。他说："在传统观念里，很多人觉得我们或许存在着暴力倾向，或者会吸毒成瘾，但其实我都没有。"在孤儿院里待到十八岁，没有人关心他是否有能力独立，他必须离开自谋生路。

他经常露宿街头，半夜路过的巡逻警察会猛踢他，让他离开。每天晚上，都要为寻找可以睡觉的地方伤脑筋。有时候，好心人会多给他一些钱，他就用来买红牛。因为他要保持清醒，既要防范随时可能在熟睡中被踢醒，也害怕别人会偷走他的钱。有一次红牛喝得太多了，整个人在大街上昏死过去。

不知不觉中，两个人已经聊了两个多小时。Cherry好奇地问他，为什么不去找一份工作？流浪汉的回答出乎了她的意料。他说："找工作必须要有地址，可我没有。"开始时，他也会借用朋友的地址，但在面试时，这还是个根本绕不开的话题。

即使身无分文，他也有自己的喜好——日本漫画就是心头至爱。如果哪个城市举办动漫节，年轻的流浪汉就会徒步走到那里，有时会走上两三个月，用不知道哪里捡来的破布，做成各式的服装。

那个心浮气躁的夜晚，在星巴克里和流浪汉之间的对话，给Cherry在思想上带来了巨大冲击。"他给我的印象很深，颠覆了我以往的价值观。"

她完全想不到，当自己为工作方向焦虑不安的时候，世界上还有这样一群人，命运坎坷，无法得到良好的教育。成年后衣食不保，深陷于噩运之中无力反击。最期待的事情，竟然是能在床上睡个安稳觉。他们不仅游走于城市各处的阴暗角落，也是社会底层的弱势群体。只是这个群体挣扎的疼痛，常常被城市中的喧嚣声所掩盖。每个流浪汉的背后，都有一段令人恻隐的故事，值得我们去仔细聆听。从那时起，Cherry希望自己能帮到更多需要帮助的人。

一路走来，Cherry人生之旅非常通顺畅快。出生在书香门弟，在父母温厚儒雅的性格影响下，她形成了积极向上的人生观。每当人生欢乐或是艰难时，总有亲密朋友的祝福和鼓舞。多年来在学业上的拼搏努力，得到了应有的回报。最开心的是，随着年龄和阅历的增长，变得更加包容，能够更平静和缓地看待一切。

如今，她享受着工作带来的极大乐趣，每天和优秀的人并肩工作，同时也在筹划着未来的发展。我终于明白，为什么机会总是眷顾有准备的人。

Cherry送给我一句她特别喜欢的话，我把它工整地抄在了本子上，同时记在了心里。

"que sera sera。"（该发生的终究会来，世事不可强求）

1　美国纽约时代广场
2　加拿大多伦多大学里的鸽子
3　多伦多街景
4　美国加州的半月湾
5　加拿大温哥华风光

4

5

1

1. 多伦多著名的Bloor街边的教堂
2. 纽约圣帕特里克大教堂
3. 联合国大厦外景
4. 斯坦福大学校园

Sylvia   行走在宾西法尼亚大学的时尚女王

时尚编辑的华丽转身

在北京某高档健身俱乐部里,一个女生挥动着宽大的手套,正和私人教练进行着高强度的有氧搏击。她身材苗条,凹凸有型,半个多小时下来,汗水湿透了整个身体,稍微喘了口气,又径直走向空中瑜珈教室。这是一个绝对自律的健身达人,有空时会去学骑马、打高尔夫球,甚至还开过直升机。她,就是今天的主人公,也是我心目中的时尚女王Sylvia。

Sylvia中文名字叫王丹,出生于河南郑州,祖父母都是中文教师,经常教导她一些做人的道理,从小培养了她的处事得体和高情商，对她的影响非常大。她的父母却对女儿的学习从不过问，也没有提出任何要求，完全顺其自然，而且她妈妈觉得只要上个学校就好，不明白女儿为什么日夜苦读，一定要考上重点学校。

那时候，临近中考只有一周的时间，Sylvia正在房间里紧张地看书，准备迎接人生中的第一次大考。妈妈却召集来几个好友，坐在客厅里打麻将。搓麻将的哗哗声，说笑声简直是吵闹不止。忍无可忍的Sylvia冲出去，抓起几颗麻将牌就跑进屋，把门反锁上，妈妈和朋友在外面不停地拍门，让她把牌还回来。

这样的家庭环境，并没有牵绊住一个女学霸飞速的脚步。功夫不负有心人，考入郑州外国语中学后，她的成绩在年级一直遥遥领先。高考前夕，由于各方面突出的表现，被优先保送到上海外国语学院，学习传媒专业。大学期间，曾获国家奖学金与上海市优秀毕业生称号。

父母宽松自由的"散养"方式，反而给了Sylvia给了更广阔的人生空间，让她有很强的自主意识和危机感。在重大问题的选择上，会非常慎重而且理智，"所有的事情都要自己去做。遇到麻烦总是想我该怎么办，而不是去找谁。因为除了你自己，没有人会为你负责任。"

大学毕业后，经过层层面试，Sylvia来到了中国顶尖时尚杂志《VOGUE》做实习编辑。最开始的境遇和《穿Prada的女魔头》里的小女生安迪一模一样。有一次要拍国内一线某女星的大片，周末本来应该休息，但Sylvia还是自告奋勇去片场帮忙。早上六点她就已经到达了拍摄地点，给工作人员买好了早点和咖啡。这时候，一位其他部门的主管走过来，指着Sylvia的裙子说："今天是拍明星不是拍你，马上回去把裙子换掉。"尽管觉得莫名其妙又心头充满了委屈，Sylvia还是一声没吭，回家换了T恤和牛仔裤。这件小事，让她对职场生存的认识也更加立体而且真实。

此时，她有幸接触到了很多知名的艺术家、摄影师，后来有一些人和Sylvia成为了要好的朋友。其中有位美国摄影界的风云人物，想拍一部艺术短片，在第一次见到Sylvia时简直惊为天人，主动邀请她作为片中唯一的女主角。在长镜头前，Sylvia苹果般绯红的脸颊、纯真的眼神、标致的短发，都绽放着耀眼的光芒，宛如是一首青春的礼赞诗。"这也是我人生中第一次给大摄影师做模特，那感觉棒极了。"

在《VOGUE》杂志工作的这段时间，成为Sylvia人生成长中重要的教科书。那时候她刚走出大学校园，品牌常识甚少，服装配饰等方面更是一片空白。杂志社里成天出入的形形色色的穿搭高手，对时尚的品位鉴赏，对潮流的见解与把握，都深深地刻在了Sylvia的气质和骨血里，融合成她自身不可或缺的一部分。今后无论出席哪种场合，出挑的身材，高雅的品位，完美的穿搭，都让Sylvia成为一张行走中的名片，引来无数人侧目。

眼前是一个令人眼花缭乱的世界，到处都充斥着奢侈品，珠光宝气，豪气逼人，散发着说不出的诱惑。Sylvia负责过各个品牌发布和时装秀场，还作为湖南卫视《我是大美人》节目嘉宾，和何炅一起逛纽约时装周。每天接收到来自世界前沿的时尚信息，生活方式小资舒适，喝喝洋酒，泡泡吧，再就是精心打扮后参加各种Party。

这应该是多少女生梦寐以求的生活，但Sylvia并不满足，"这不是我想要的生活。我希望在实现自身价值的同时，也能为社会做出些贡献，哪怕只是一点点。时尚，是教女孩子们如何搭配，而教育，能让人从内而外地变得

美丽。"在选择人生方向上,她的冷静远远超出她的年龄。

续写学霸传奇

2011年,Sylvia放弃了在《VOGUE》杂志社的发展,毅然决然地申请了宾西法尼亚大学的硕士,主修教育专业,没过多久,就拿到了录取通知书。这是一个大胆的决定,在专业上又是如此大的跨越,无论是同事,还是家人朋友,全都惊呆了。

宾西法尼亚大学位于费城,是一所全球顶尖的私立研究型大学,也是著名的八所常青藤盟校之一。拥有北美洲第一所医学院、第一所商学院、第一所传媒学院等,培养出了数十位各自领域的最高奖项获得者(如诺贝尔奖等)以及多位美国国家院士,是众多中国留学生心目中的梦想神校。

最开始的求学生活非常艰难,而且极度不适应。

每天都要读厚厚的英文书，写报告。完全不像在国内时，只要在考试前突击复习，就有机会考到年级第一。开学后不久，助教拿着Sylvia的文章来找她。"他说，我的这篇文章不符合要求，没有通过。我当时非常非常尴尬，从小到大，这是从来没有过的事情，对我打击很大。我甚至开始有一点点怀疑，自己是否能够在美国大学拿到好成绩。"

身处世界一流学府，周围全是优秀的人，有很多同学高中时期就留学美国，有长期的语言积淀，无论对上课方式，还是对长篇论文的写作早已适应，英文水平和美国本地学生相差无几。Sylvia逼迫自己必须加速适应。

她找到国际留学生的写作帮助中心，讨教英文写作方法。找到助教，询问学习方法。相关书籍的中英文版本，她全部买来，反反复复看了好几遍，见到同学就聊关于论文的事情。把这篇文章又重新写了一遍，终于得了A，Sylvia当时开心极了。这件事情给了Sylvia无比的信心，证明她即使到了国外，一切从零起步，自己也完全有能力续写在国内时的学霸传奇。

她的学术能力也得到了导师的认可。她的导师叫Stanton wortham，也是Sylvia当初进入宾大的面试官，一直非常欣赏她。后来实习时，还为她写了一封非常有分量的推荐信。过感恩节的时候，Sylvia被邀请去导师家里做客，这是她第一次真正地进入到一个美国家庭，和本地人过传统节日，也是第一次吃到了火鸡。席间，大家围坐在一起，谈论起足球，导师很耐心地为她解释美国足球的规则等等，气氛非常融洽。

在写毕业论文时，另一位老师也极力鼓励她去参加宾西法尼亚大学的毕业论文展。当时Sylvia觉得自己做为一个国际学生，根本没有可能入选，但是老师一直没有放弃，终于Sylvia怀着试一试的心情参加了论文展。毕业展当天，Sylvia站在当中，完全脱稿，侃侃而谈，宾大的很多教授被这个中国女孩子的演说深深地吸引了，渐渐围拢上来，给予她非常高的评价。"整个学院只选了5个人，我是唯一一个国际学生，也是唯一的中国人，其余四个全部都是美国人，那种感觉真的很开心。"

在宾大的校园里，她对于美国文化多元性有了深刻的体会。宾西法尼亚大学在常青藤盟校里，以Party著称。每逢春天，学校会邀请世界各地的歌星前来开演唱会，会场周围会布置很多巨大的蹦床、斗牛玩偶等等，各路大咖DJ云集，酷爽节奏的音乐震耳欲聋，嗨翻全场，美食、冰淇淋、饮料等全部免费享用。这时，你能看到美国学生非常疯狂的一面，就连平时天天泡在图书馆的书虫级人物也换成另外一副面孔，让人深刻感觉到什么叫study hard, play hard。

在美国，人们习惯于用信用卡消费，很少带现金出门。但Sylvia每天出门前，钱包里一定要放上20美元的现钞。因为学校临近黑人聚居区，存在一些安全隐患，如果遇上打劫，20美元是正好够瘾君子买一包大麻的钱数。有一天，她要去办宽带业务，坐公交车向学校西面走出很远，"一下车，街上全部都是黑人，穿得破破烂烂，混沌的样子，所有人都盯着你，特别恐怖。吓得我赶紧拿出手机，假装在打电话。"

Sylvia的开朗活泼，给她的留学生活增添了无尽的色彩。她和两个中国女孩租住在同一间房子，整天在一起做饭、学习、购物，其乐融融。还交到了一个白人朋友和一个黑人朋友，三个闺蜜经常在一起聚会，看电影，彼此间偶尔会说些私密的玩笑话。特别搞笑的是，Sylvia的兴趣点全然离不开时尚。她好奇地摸着黑人朋友的头发，一起探讨黑人都是如何编头发的，多久洗一次,都会用什么牌子的洗发水。

在异国收获了甜蜜友谊的同时,学业上也是硕果累累。Sylvia把宾西法尼亚大学两年的硕士课程在一年内全部读完,而且获得宾西法尼亚大学优秀奖学金和优秀毕业论文,更作为优秀学生代表会见美国前总统奥巴马。

教育梦想启航

从宾西法尼亚大学毕业后,Sylvia来到美国东北部的康涅狄格州,在Canterbury私立寄宿高中任教,教授中文之外,还是篮球、足球、田径教练并兼任宿管老师。康州完全是一个白人为主的城市,所有老师中除了Sylvia,全部都是美国白人。

在Sylvia的中文课上,同学们第一次见到了来自中国的老师,不仅举手投足间散发出迷人的东方魅力,而且是博览群书的大才女。在座的学生中没有人去过中国,对这个有着五千年文明的国家充满了好奇,Sylvia在课上为他们介绍了中国的悠久历史和飞速发展的现在,演示神奇的中国文字和壮美景观。每次上中文课,学生们都觉得时光飞逝,听得如醉如痴。其中有两个学生,祖祖辈辈都生活在康州,却完全对Sylvia教授的中文课着了迷。两个人放弃了美国大学的录取,结伴跑到万里之外的中国,入读了南京大学中文系,还练出一口流利的普通话。可以说,影响了他们一生的轨迹。

Canterbury有一个传统,就是每周四的晚上,学生和老师都要穿上正装,坐在宽大的长条桌前,共同吃一顿传统而且正式的晚餐。一年中有一次机会,学生们可以自主选择坐在最喜欢的老师旁边。结果很多学生

纷纷报名，一定要坐在Sylvia的旁边，"同事们走过来对我说，你是校园里最受欢迎的老师。当时听了，心里很自豪。"

在学校放假期间，Sylvia开始和朋友尝试着创业，参与创办了两家生活类Startup。一位朋友当时供职于Google公司，年薪几十万美金，是位做图像识别的精英级人才。后来辞职，想做一个时尚网站。发现人们喜欢的服饰上传到网站，网站就可以推荐到哪里购买。因为Sylvia有着比较丰富的时尚从业经验，两人一拍即合，用了半年时间潜心制作，后来公司被成功收购。

2014年5月底，Sylvia站在学校的草坪上和毕业生们合影。她心里在想，这是最后一次穿上学校的毕业服了，希望这些孩子都能成长和快乐，祝福他们，也祝福自己。两个多月后，Sylvia来到了美国加利福尼亚州的硅谷。

在变成今天的硅谷之前，这里曾经到处是农田和果园。在20世纪初，除了盛产西红柿、谷物、洋葱、胡萝卜和樱桃外，还出产了全世界三分之一的梅干。随着Google、Facebook、LinkedIn等一系列科技公司进驻，带动了全世界各个领域的精英慕名而来。怀着曾经的教育梦想，Sylvia也投身到硅谷日新月异的巨变中。她供职于加州某大型教育集团，任高级顾问和管理职位。

没多久，她就深深地爱上了这里。"在硅谷，我看到了美国传统文化之外最先进、最发达和最先锋的一面。主要是以硅谷一群技术革新者为代表，看到了这些年轻人热血创业、追求梦想的过程。觉得自己整个人也充满了活力。"

著名哲学家雅斯贝尔斯在他的《什么是教育》中写道："教育的本质意味着一棵树摇动一棵树，一朵云推动一朵云，一个灵魂唤醒一个灵魂。"在引导和唤醒方面，Sylvia是当仁不让的能量之王。

有一个男生，平时学习成绩一般，也比较散漫，Sylvia经常找他聊天，和他一起分享读书的魔力。刚开始，大概不愿意让美女老师看低自己，他勉强拿起书，读完后如交差一般，久而久之，一个月竟然能读上两三本英文原版书，气质里渐渐也有了书的味道。

Sylvia特别擅于挖掘学生的特点，根据他们自身的爱好，引领着一步步走向专业的世界舞台。她曾鼓励一位高中女生，在学校建立自己的商业俱乐部，并动用自己的人脉资源，拉来商业大咖们为其站台，增加这位女生的自信同时，也在申请文书中添加了闪亮的一笔。

她愿意尽自己的全力，帮助学生走向学业的巅峰，也愿意陪伴身边的孩子走过无助而黑暗的漫长求学历程。在Sylvia做留学行业的多年里，她看到一些在国内时非常优秀的学霸，同学之间关系也很好，但是到了美国，由于生活学习环境的突变，英语的沟通障碍，巨大的心理落差，孩子出现了不同程度的心理障碍。她辅导的一个孩子情况也是如此，"开始妈妈还没有发现，以为只是孩子闹脾气，不想起床，不想上学而已。但我发现苗头不太对，孩子已经有点歇斯底里的状态了，就建议妈妈尽快去看医生。"

这位陪读妈妈完全慌了，自己英语能力极弱，普通对话都是个大问题，更不要说是看医生。Sylvia一连多日带着母子俩人辗转多家医院，帮忙找医生，做翻译。在被确诊为严重抑郁症后，Sylvia不甘心如此优秀的孩子就这样中止了学业，她不厌其烦地找到学校，把孩子目前的困境和校方反复沟通，终于争取到老师到病房去给孩子上课。最后，母子俩人回国短暂休养了半年后，又返回美国完成了学业。

数年间，她帮助过上百学生进入了如耶鲁大学、斯坦福大学等世界名校。有的成为美国学校TedED社团创始人，有的开发APP并进驻Apple Store，有的出版了英文诗集，有的在美国举办个人画展。

而她自己，在成就别人梦想的同时，也没有放慢自己逐梦的脚步。工作之余，她是插花派对上的才艺女郎，是米其林餐厅里的资深食客，是用心去丈量世界的旅游行家。

当初闯入时尚界的百变女王，如今美得从内而外。

Mary

皇后大学里的超级玛丽

活泼善谈的小精灵

我和Mary相识于加拿大的多伦多。我们曾就读于同一所私立高中，在同一个培训机构补习英文，我们的妈妈之间也是要好的朋友。

在留学路上，我们彼此之间有着太多的交集。每当想起在加拿大度过的漫长寒冬，Mary就像是午后炽烈的阳光，投射进心里，带给我无尽温暖，成为那段留学记忆中非常宝贵的一抹亮色。

Mary出生于辽宁省大连市，中文名叫仝丽静。父亲曾是大学讲师，工作出色，勤奋踏实。母亲优雅含蓄，话语不多，做事力求完美，对女儿的教育更是如此。Mary妈妈把家里客厅布置成女儿的书房，在最舒适、阳光最充足的地方，摆上一张大大的书桌，后面成排的书架上，摆满了各种书籍。走进家门，你就只想坐在这张书桌旁，哪怕只是晒晒太阳。

这个阳光女孩，有着非一般的逗趣童年。

"小学三年级的时候，我遇到了我的同桌李兄，一个永远只会发平舌音的男孩子，他叫李承尧，我却叫了他五年的李承饶。"两个10岁的孩子性格都是同样的鬼精灵，自然一见如故。在严厉的语文老师的课上，李兄偷偷教Mary玩搓泥，就是把橡皮上蹭下的灰做成泥，和着小手心里的汗和灰，揉成一坨黑乎乎的东西，极富恶趣味的想象力。李兄还会夸张地把唇齿内扣，两眼挤成一条窄缝，拼命地向Mary眨眼睛。Mary何等聪慧，马上照猫画虎地学着这门"没牙老太太吃馒头"的绝技。语文老师发现后暴跳如雷，把两个恶作剧的孩子请出了教室。两个小儿站在走廊里，上演着对视一次就笑崩一次的好戏。

两个淘孩子在自己创造的多彩世界里上蹿下跳。三四年级的时候，女孩子们在跳皮筋，男孩子们在欺负跳皮筋的女孩子，他们俩却在学校的围栏后面，一遍遍地玩着连名字都没有的自创游戏。五年级的时候，女孩子们喜欢讨论男孩子，男孩子会在篮球场上用帅帅的背影吸引着女生们的目光，Mary和李兄却在翻墙爬树，不断完善并磨炼自身的翻越技能，形如中毒。

在那时候，我和李兄发展了太多老师家长所说的"歪路精神"，不争名次，不比分数，一心翻我们的墙，搓我们的泥。我的乐观开朗的性格形成，应该和李兄有着很大的关系。

或许Mary的留学命运是与生俱来的。很小开始，父母就着手留学规划，小学六年级时，还为她报名参加了雅思考试。出乎所有人的意料，她一个小学生，雅思竟然一下子就考到了五分。

当时，Mary上了一个英文课外补习班，老师是个很有意思的人。他的教学方式非常奇特，不教托福，不教新概念，而是用英语讲一些科学问题，还亲自示范做密度实验。"我们进了教室，脱掉鞋子，大家都盘脚坐在地上，彼此之间交谈只能用英语。"在这个特殊的课堂上，Mary活泼的天性完全被激发出来，她完全没有束缚感，可以和小伙伴们自由交谈，任意向老师提问。她根本不觉得每次三个小时的学习有多么枯燥，反而觉得讲英语是一件很酷的事情，口语表达能力大大提升。

初中毕业后，Mary递交了加拿大高中的入学申请，开学日期在9月份。这时，她第一次见识了加拿大的签证办理速度。材料递交长达几个月，一直查无音信，直到第二年2月才正式批复下来，遗憾地错过了当年秋季的入学。

2010年2月19日，这是Mary人生中刻骨铭心的日子，经历了长达几个月的等待之后，终于拿到了期盼已久的加拿大签证。"拿到签证那一刻，爸妈立即就帮我买了机票。第二天，我都没机会和所有的朋友说声再见，就闪电般地离开了。"

到达多伦多，只休息了一天，都没顾上倒时差，Mary就匆匆赶去学校报到。临走那天，刚好是国内正月初六，大连还沉浸在节日的喜庆气氛里，到处张灯结彩，热闹非凡，感觉暖融融的。Mary走在去学校的路上，眼前是白茫茫的一片，冰天雪地的，心里泛起一层淡淡的失落感。

负责接待Mary的是教导主任Ms.Wong女士，她热情地问候着，用英语攀谈起来，看似随意，态度亲切得象是在聊家常，其实是在暗自测试Mary的英语水平，选择的话题也非常有代表性。"当时我不知道为什么，就是谜一样的自信，好象仗着自己是外国友人的身份，摆足了阵势，不管你用英语说什么，就是说法语、西班牙语，哪怕是希伯来语，我都能对上几句。"教导主任看着这个新来的中国小女孩一脸阳光灿烂，活泼开朗，对答自如，丝毫没有初来的胆怯和紧张，相信在英语方面肯定有足够硬的实力，就直接把Mary安排在当地学生的班级，直接插班在9年级学习。

在加拿大的中学里，把英语不是母语并做为第二语言的留学生，根据入校时的语言测试水平进行分班学习，就是通常所说的ESL课程。ESL课程从A到E，E级为最高级，相当于加拿大正规10年级的水平。级别不同，选课的范围也有严格区分。

一般中国留学生刚到加拿大，能被分到C、D班，都是英语水平相当高的。可Mary竟然连最高级E班都不用上，直接跟当地学生一起读书，这在我认识的所有加拿大留学生当中，绝对是仅此一人。

当天下午，Mary走进班级上了第一堂课，就是英语课。讲课的是本地白人老师Ms.Long。"哇，她那个语速，好像比托福听力都要快上十倍似的，我整个人都被打懵了。"回想起当时的经历，Mary和所有人都是这样形容的。也许并没有记忆中那么夸张，但第一次面对面地听一个本地白人说话，还是长篇大论地讲课，那种当头一棒的感觉，非常真切而且痛苦。

几个星期后，发生了一件非常神奇的事情。英语课上，Ms.Long进行了一次语法考试，"我惊喜地发现，虽然我的英语没有班上任何一个同学好，但是我的语法考试成绩，竟然比绝大多数人还要强，这个结果简直让我震惊了。"这时，国内英语教育的优势充分凸现出来，我曾有过和Mary的一样的感受。在国内上初中英语时，老师都非常重视语法教学，总结出各种各样的规律，要求我们背下来，课下还会做大量的习题强化，而加拿大的很多学校，主张浸泡式的宽松教育方式，不强迫学生死记硬背，也不会留很多的作业练习。

接下来的语法考试，让她暂时摆脱了英语学习中的"水土不服"和口语交流中的种种不适，增强了很多自信心。

开朗活泼的Mary进入学校后，交到了不少朋友，除了和一些中国留学生非常要好外，还交上了一个韩国朋友。两个人母语不同，英语表达都是错误百出，但交流起来却完全没障碍，连说带比划，成天凑在一起叽哩咕噜的聊个不停，"我们两个人的水平都是半斤八两，谁也不笑话谁。那段时间，我不知道我的英语是不是有特别大的进步，但我对英语的信心是突飞猛进的。这个韩国朋友间接帮我树立了不少信心，和她在一起，感觉自己的英语还是很不错的。"

学校老师看见这个新来的小留学生如此健谈，而且迅速地建立起跨国友谊，和其他沉默少言的同学完全不同，于是就让Mary加入校学生会，协助校方组织各种活动，帮助同学们解决一些实际问题。

10年级结束后刚刚放暑假，中国的小留学生们全都回国了。离家整整一年，Mary非常非常思念父母，恨不得马上回到大连，她还是忍住了思亲之痛，报名参加了Summer School——这是可以在假期修学分的课程。小伙伴们在国内天南海北地旅游，大吃特吃尽情玩耍，而Mary却利用这个假期，把11、12年级的英语课全部学完，并且拿到了相当高的分数，这也为她后来成功申请到加拿大的顶尖名校打下了牢固的基础。

PCA的"招生代言人"

一年后，Mary转学去了当地一所基督教私立高中PCA，也是我曾经就读的学校。

PCA位于多伦市的Markham地区，该地区聚集着大量的亚洲移民，尤其以华裔居多。刚到学校的时候，你会有许多错觉，感觉周围全是亚洲面孔，好像还在国内上学时似的。其实这所学校里绝大部分学生都是CBC（加拿大出生的华人），操着一口流利的英语，很多人会说粤语，但都不会讲普通话。进一步交流起来就会发现，无论是价值观念，还是做事方式原则，他们和当地的加拿大人毫无差别，也有称这部分人为"香蕉人"（外黄内白）。

说起来特别有趣，我刚到多伦多时上的是一所公立高中，入读后发现，教学质量不算太高。考虑转学的同时，妈妈开始为我寻找英文补习学校，这时找到了Henry老师创办的教育机构。这个机构除了辅导学生的学术英语、法语之外，也教授成人英语，我和妈妈以及Mary和她妈妈都在Henry这里上课，这也是我们认识的开始。

在我们母女二人考虑转学期间，Mary和她妈妈给了我们很多帮助和建议。我还清楚地记得，当时Mary简直就像是PCA的校方代言人，为我们介绍了学校的基本情况，她的就读感受和上课情况等等，客观公正，有理有据，后来我决定转学PCA，和Mary有着非常大的关系。

12年级，在学校的组织下，Mary申请去了墨西哥做义工，帮助当地的一所学校搭建平板房。"可能就在那个时候，我就下决心要读工程系。通过那次活动，我觉得自己将来可以建成一些东西，给需要的人，可以造福于社会，造福大众。这种帮助看得见，摸得着。"

当时援建的城市叫Tijuana（蒂华纳），距离美国加利福尼亚州的圣地亚哥市仅一线之隔。但是这个城市不同于坎昆等优美的度假胜地，是一个非常能够反映墨西哥现状的城市。贫富差距悬殊，城市面貌的两极分化情况非常严重，治安令人担忧。

不过，在这样的环境下，Mary也总能苦中作乐。一天早上四点多钟，

Mary和同学们约好去爬当地一座较高的山。山坡陡峭，路途曲折，大家边走边喘着粗气，特别累。"那时天色还有些暗，站在山上能清晰地看到每家门前都亮着一盏灯，在晨色的映衬下场面非常壮观。"学校不允许援建的学生带手机，Mary偷偷带了去，看到眼前美景，完全惊呆了，情不自禁地用手机拍了下来。这张照片，做为Mary微信里的封面图片，一直沿用到现在。

在PCA度过了非常愉快的两年后，Mary申请到了Queen's University（皇后大学），被成功被录取，主修土木工程。皇后大学是加拿大的顶尖学府，与麦基尔大学、西安大略大学、多伦多大学并称为传统的四大名校，多年来平均录取分数线一直高居全国前2位，是全加拿大最难进、竞争最激烈的大学之一。

说到这所大学，不能不提到我们共同的补习老师Henry。Henry曾就读于皇后大学商学院MBA，在这座号称加拿大最难毕业的商学院里，他被世界五百强的庞巴迪公司慧眼识中，以丰厚的薪资被聘为中层管理者，工作几年后，自主创办了一所培训学校，其经历绝对是华人移民的传奇典范。也正因为如此，Henry对皇后大学情有独钟。

Mary当初是想申请多伦多大学，毕竟名声在外，而且她的几个朋友都在这里，Henry却极力反对。他对Mary说："你要转变思想，走出自己的舒适区，敢于挑战自己。"在Henry日复一日、年复一年的摆事实讲道理的成功营销下，我们都把皇后大学看做是梦中神校，无论是高大上的形象，还是喜爱程度，都远远超过多伦多大学。最终，Mary选择了皇后大学。

想尽办法堵教授

入学后，Mary遇到了一系列棘手的困难。

首当其冲的就是文化差异。皇后大学的学生中以加拿大本地白人为主，中国留学生的比例少得可怜。如何融入当地主流文化，和外国同学建立起社交和友谊，这对所有中国留学生都是非常大的考验，对Mary也是如此。

有时她会觉得自己被夹在中间，国内国外哪边都不靠。从高中开始就到了国外,语言功底和国学常识远不如国内同学深厚。而在国外,和土生土长的本地人相比,无论是英文水平,还是文化背景都有距离。这时,特别容易滋生出一种无力感,觉得自己既已远离了国内同学间的亲切,又和外国同学存在着天然的文化障碍,常常听不懂他们的笑点何在。这个问题引发了Mary更多的思考,经过一段时间的摸索,她找到了自己的答案。

"我觉得不必强求,做自己最好。"

更要命的难关还是学业繁重。刚一入学,土木工程系里高精深的课业压力如万箭穿心般,一股脑地射了过来,Mary根本没有任何防备和喘息之机。

"这种困难,应该是我面对高中与大学课程有落差时,没能及时调整心态产生的。"高中时,一个星期才有一次大考,大学时可能同时出现四五个;高中几页纸的数学题,两三个小时内轻松解决,大学里的一道题,两三个小时用尽了演算纸,也未必解得正确。所有的时间都放在保持和提高成绩上,稍有不慎,就会被学业反噬,结果凝成了心中的郁结。

"把全部的精力都聚焦在虚浮的分数上,我却始终忘记问问自己的内心,我真的还好吗?"那个期间,Mary发过脾气,流过眼泪,想了很多办法,但出现真正转机是在大二下学期。

近两年的打磨让她明白了一个道理：孤军作战虽是英勇，却更是莽夫之勇。自己一个人摸索着大学丛林里的生存法则，寻找出口，其实真正的向导近在咫尺，就在三尺讲台之上，她却始终视而不见。自顾自地埋头披荆斩棘，结果却撞得头破血流。

"大二下学期开始，我就开始试着跟教授互动，也就是下课后堵教授，办公室里堵教授，路上走堵教授，找寻一切机会交流沟通。"还真有一位教授被Mary堵出了友谊，她是Dr.DaSilva，皇后大学土木工系水利部分的教授，也是一位亲切可爱的葡萄牙裔老太太。被Mary堵住的大部分时间里，她们都在讨论课上或是作业中间的问题，但有时也会讨论金士顿水塔的作用，中国建设中取得的新成果，或者是姜煮可乐能不能治好老太太的感冒。

这位老教授实在太可爱，Mary当时正在寻找暑期实习，就问老教授她的实验室是否招本科生，遗憾得知，名额已满。后来Mary把这事都忘了，谁想到教授又找到她，说听了Mary的询问，就向学校申请更多的资金，想把她招进来，很可惜学校没批准这部分资金。

最后，教授非常诚恳地对Mary说："如果你本科毕业后，想找导师继续念下去，我非常愿意收你做我的学生。"Mary听了，心里简直乐开了花。

自己会不会选择在工程领域继续深造，或是读研读博，此时都还是未知数，但老教授的话，给了Mary无比的信心，等于给她的过往努力打上了一个大大的对勾。"只要向前迈一步，踏出自己的舒适区，再勇敢一些，我就会踏出困难笼罩的黑暗。而终有一天，学业繁重这种困难，也会消失殆尽，成为我人生经历中的一幅精彩篇章。"

皇后大学首届建筑设计（全球）峰会的女主席

进入到土木工程系以后，Mary发现和自己预想中的学习内容差别很大。原以为工程系是设计和技术结合的专业，但实际上并非如此。平时学习的侧重点多在于解决方案，其中有大量的计算，包括成本控制、效率提升等方面，而对于美学设计等方面涉及并不多。

上结构分析课的教授，是位24岁的神童，每节课前，他都会给学生们讲世界上一个著名的建筑。课堂上Mary听得津津有味，忽然发现建筑设计这个行业原来如此有趣，久而久之，产生了极大的好奇，迫切希望在设计方面能有进一步的了解和提升。

随着时间的推移，Mary的兴趣愈来愈浓，"我想多了解一些，但遗憾的是，皇后大学根本没有建筑设计这个专业。于是我想，是否可以创造一个峰会项目，让大家有机会更深入地了解呢？"但是个人的热情和见解无法代表群体，Mary需要了解皇后大学学生对于建筑设计峰会的看法，以及感兴趣的程度，也就是能否有人愿意参加。带着这样的疑问，Mary开始着手做调查问卷，共分为七个部分，在全系同学内部征集意见。

在峰会的酝酿过程中，Mary的室友给了她非常大的影响和支持。室友是一个不折不扣的学霸，读的是皇后大学工程物理系，这个系在全北美排名第三。学校的一个实验室曾获过诺贝尔物理奖，她从大学二年级就在这个实验室里工作，并成为导师的助理人员。后来申请到一年毕业的硕士项目，同时利用假期时间，得到了另一个得过诺贝尔奖工作室的实习机会。"她不仅学习好，同时也是皇后大学两个峰会的发起人及组织者。一个是脑电波研究方面，还有一个是支持女物理学家的项目，会请一些杰出的女物理学家到学校来演讲，这都和她所学的专业毫不相干。她每天做多事，非常知道自己想要什么，并且会全力以赴。"

与如此优秀的室友朝夕相处，Mary如饥似渴地汲取着经验。两人经常约在一起吃早饭，探讨峰会人员配置及如何定场馆等具体细节。

皇后大学的土木工程系是个非常苦累的专业，平时同学们空闲时间都很少，Mary以为大家会没有时间看这个问卷。没想到大家态度非常积极，程度之热烈大大出乎她的意料，不但同学们踊跃留言，一周之内就有五十多个人回复。在给予高度认可和赞扬的同时，同学们对于举办建筑设计峰会都表现出浓厚的兴趣，纷纷献计献策。

"I love this idea. Definitely could bring diverse crowd as there are some art history students who would love it along with some civil engineers. Nice blend."

"I think this is a great idea,"

"I would definitely be interested in discussing it! I think it's important for Queen's to provide a more clear avenue to civil students in particular for how to pursue a career in architecture."

……

看到这么多的热情反馈，Mary心情无比激动，也更加增强了必须要把峰会举办成功的信念。她开始着手组建团队，考虑如何招到合适的人。此时临近期末考试，校园里的每个人都一脸严肃，走得飞快，不是急着去图书馆查资料，就是通宵达旦地赶论文。

Mary课业也很繁重，但她还是想尽办法抽出时一星期的时间，做了演讲的幻灯片，把自己的日程安排表放在了网上。有意向申请组委会成员的同学，就可以根据Mary网上公布的空余时间，预约面试等等。组委会共分为四个部门，有财务部、行政部、市场部、对外联络部，经过两轮面谈，共有15位同学入选，最终选出12个，并确定了峰会的具体举办时间为2017年11月17号。

做为峰会发起人和执行主席，Mary的工作量远不止于此。如何把握好成员间社交和工作的尺度，如何解决部门之间交流问题，怎样协调未来开会时间等等。有时，下课的路上Mary会冥思苦想，如何以峰会主席的口吻，写信给赞助商和演讲者，怎么写才能打动他们呢？

此次峰会成功吸引了行业大佬的目光。其中一位，就是来自耶鲁大学的客座教授Zachary Collbert。他硕士毕业于哥伦比亚大学建筑系，同时兼任卡尔顿大学客座教授和Studio First项目负责人，绝对的精英级人物。他在纽约市中心拥有自己的工作室，设计水平一流，行业认可度极高，在迪拜、纽约曼哈顿等世界各地都留下了优秀的设计作品。在接到峰会的邀请之后，教授在自己密密麻麻的工作表中，把峰会的日期写了上去。

非常值得骄傲的是，在组委会13个人中，除了Mary是中国人外，其余全部都是加拿大白人。这时，我脑海里会闪现出这样的一幕，在一间宽大的会议室，加拿大皇后大学首届建筑设计（全球）峰会组委会成员聚集在一起，峰会主席兼发起人Mary坐在正中间，旁边清一色的全是黄发碧眼的外国人，听取完大家的意见建议之后，Mary布置下一步的工作安排并进行总结发言。这样的场景，想想就觉得特别过瘾。

采访Mary当天，她正在渥太华参加一个建筑设计项目，为期五个星期，

几天后回国，到上海参加国内建筑方面的集训。她说会请到更多很牛的人参会，把这个峰会继续做下去。虽然大四的学长们马上要毕业，组委会有些成员也将离校了，她已经开始考虑下一年的招聘。我们谈到了梦想，谈到了对留学的思考，也谈起了人生。

前途迷茫、学业压力等等这种困难，我认为是每一个有上进心的人都会遇到的。只不过有些人遇到的较早，在有些人的生命中又姗姗来迟。困难，终究是由问题组成的。是问题，就一定有解决的方法。很多人往往习惯于聚焦在困境的痛苦中无力自拔，通过以往的经历，我觉得找到方法，不断地去尝试，去实施，才是正解。

经过一段时间的分别，我再去看这个相识许久的朋友，心里突然觉得如此陌生。Mary早已不是当年那个单纯的女生，已经蜕变得如此优秀，优秀到只能遥望着她的背影，同时在心底里为Mary鼓掌喝彩。

顽皮少女东游记

留学电台的拓荒者

打开喜马拉雅电台,找到留学频道,可以听到一个顽皮的小女生天南海北地谈留学,时不时地插科打诨。无论是高大上的人生哲理,还是无厘头的厕纸怪谈,她都会用一副戏谑的口吻,搞笑到恰到好处,我几乎是从头乐到尾,也难掩心底那抹辛酸。

这个小女孩就是Fiona,这个17岁的小留学生,在留言栏里这样形容自己:面黄但不肌瘦的Fiona在北美的农村生活。

今年五月底,Fiona刚刚期末考试完,还没有回国,尚未开启丰富的暑假生活，处于有闲的"空窗期"。总琢磨着应该干点什么，于是她决定在喜马拉雅上开创个人电台，第一期节目就叫《拓荒第一日》。

在这个自创的电台栏目里，她从一个中学生的视角，生动地分享了在留学过程中的一些心得，通过自己的真实经历，给听众提供留学信息和参考。她的声音灵动活泼，隔着电波，一个有才有趣的可爱少女形象呼之欲出。

家庭对她的影响无疑是巨大的。Fiona出生于福建，很小的时候，父母就分开了。她开始是跟着妈妈生活，母亲贤惠沉静，总是一副柔顺的样子。Fiona从小耳濡目染，很胆小，在同学间是经常被别人欺负的那种。幼小的Fiona能想出来解决问题的办法，就是把自己的零花钱给学姐们。她希望能用这样的方式，让更多的小朋友喜欢她，和她说话，带她一起玩。

后来父亲把她接到身边，父亲属于事业型的强势男人，做起事情雷厉风行，很有威严。在潜移默化中，不断影响着Fiona的性格，她渐渐地蜕去了以往的怯懦，变得更健谈活泼，敢于反驳别人，也敢于坚持自己观点。

初中毕业后，她申请到美国留学，入读9年级，至今为止已经有两年整。目前，她住在洛杉矶附近的一个小城镇，两地车程40分钟。虽然听起来很近，生活环境却是天壤之别。关于这一点，她在《拓荒第一日》里调侃出了新高度："我个人算是待在村里，虽然距离城里不到一个小时的路程，但是没有人会为了带你玩，可以开车四五十分钟送你，没有人，除了Uber司机。说起为什么我要待在村里，除了家里穷，读不起城市的学校，我到美国读书是怀有梦想的，是来学习的，不是来玩乐的，什么迪士尼，什么环球影城，统统不存在。但结局呢，就是我变成了一个死宅。"

"生活在村里，能有效地控制你的支出。如果你在城里，总是有买不完的东西，吃的也多。但在农村，你看到，不，你啥都看不到，我们这里唯一的购物中心就两层，里面有啥，啥都没有。不出三次，你就再也不会想去了。"她的声音极富感染力，节奏感强，夸张且生动。每次听到这段，我都能笑出眼泪。

说起为什么出国，Fiona的答案，和我预想中的一模一样。"主要是我爸，他觉得国外的学习氛围比较浓厚，课堂上经常会有演讲，肯定能锻炼我的表达和交往能力。"在我接触到的高中留学生这个群体中，几乎所有人出国的决定都来自于父母。

近年来，中国经济的飞速发展，快速迈入了全球化，教育不再是单行线，而成了多选题：到底是参与到万人同过独木桥般的高考大战，还是另辟蹊径去读国际学校，抑或是干脆初中毕业就送孩子出国，不必承担学业压力，接受国外宽松自主的教育。无论哪种选择，目的只有一个：都是为孩子好。

高中阶段出国，最突出的问题就是选择寄宿家庭。在美国，18岁以下属于未成年人，必须有美国本地的监护人，要有成年人陪同居住。包括在学校请假，也需要监护人出面，或是打电话说明原由。这样，很多小留学生不得不选择住进一个新的家庭，从饮食生活习惯到文化差异，方方面面都是很难逾越的鸿沟，而这一切，都要由一个未成年的孩子在异国他乡独自面对。

Fiona先后经历过两个寄宿家庭，对于个中滋味，她感慨万分。"金窝银窝不如自己的狗窝，再好也是别人的家，不是你的，所以寄人篱下的感觉，还是非常不好受的。"与寄宿家庭智斗纠缠的有趣经历，她至今记忆犹新。

在智斗中迅速长大

"我经历过两个寄宿家庭，第一个家庭是台湾人。其实我很感激她们，家里人都会说中文，对刚到美国的我，感觉特别方便。"住家妈妈在生活中很照顾Fiona，毕竟孩子年龄小，又远离父母万里之外。但相处久了，Fiona时时刻刻能感受到家里女主人的刻板和约束，有些观念简直让她不能理解。

比如说，女孩子和男同学说话，就是一件非常重大的事情。有一次，住家妈妈去接自己的女儿放学，正看见女儿在和男生说话，她就一再盘问那个男生是谁，告诫女儿不要轻易和男生聊天。再比如说，Fiona会去丝芙兰店里买一些化妆品，这在美国高中是非常普遍而且平常的事情。这个妈妈言语中会透出些许不悦，认为学生就是要有朴素美，根本不需要打扮。这些事情虽然微小，但观念上的冲撞，却在生活中时时刻刻发生，Fiona感觉很不舒服，于是就换到第二个家庭。

也正如Fiona所说，Everything turns worse（一切变得更糟）。

第二个寄宿家庭是当地一家餐厅的老板，为Fiona和另一个女学生提供寄宿服务。这对夫妇是华裔，但都不会讲中文，有四个孩子。最开始男主人的妈妈也住在这里，每天吃饭准点而且饭菜很丰盛，自从老太太离开后，家里的生活水准一落千丈。

学校每天下午2点50分就放学了，Fiona要在图书馆待到五点钟，住家才会来接她。有时接上她之后，还要再去超市买菜，或是去餐馆里待到晚上7点多，等她们回到家已经很晚，完全没有什么时间做作业，人也疲累不堪，非常烦躁。

更难容忍的是，住家经常不做饭，或者是很晚才做。一天晚上9点多钟，Fiona正写作业，还没有晚饭可以吃，饿到浑身没力气。她走到楼下，看到住家父母好像是一副酒足饭饱的样子，心里非常非常难过，忍着委屈和眼泪，问住家妈妈："有什么可以吃的吗？"

她居然递给我半包豆子酱，就是夹在面包或是汉堡里那种，有点像墨西哥食品，散发着一股咖喱和孜然的味道。我没办法，只好自己拿了面包在旁边吃，她又过来追问我，你不喜欢吃这个吗？我觉得那就不是正常可以吃的东西，谁会把它当主食吃？

周末的时候，一日三餐更是奢望，经常合并为一餐，或者一餐都没有。

和中国孩子两点一线式的生活完全不同，美国中学生的活动范围要大很多。课后，有的学生会选择到社区服务，在图书馆里给小学生们读书，或是到老人院进行慰问陪伴。还有的会去艺术场馆做义务讲解员，根据自己的爱好特长，所做的义工项目也是五花八门。美国很多地方公共交通十分不发达，做义工的地点不固定，路程较远，对于住在寄宿家庭的留学生来说，交通工具就是最头疼的问题。

有一天，Fiona在学校里做义工，晚上十点多才结束，打电话给住家来接她，结果住家断然拒绝了。"这个事情我是提前告诉她的。她在我上午出门之后，才发消息给我说，'请你晚上住在别的同学家里，太迟了，我们不方便接你。'更难过的是当天晚上我发烧了，还在同学家，这可能是我去美国病得最严重的一次。"周日一整天，Fiona整个人晕晕沉沉的，疼痛难忍。她确定第二天无法去上课，就和住家说："明天早上帮我请病假吧。"

这时，住家说了一句话，当场听得Fiona心惊肉跳。"她竟然问我，怎么请假？我都懵了。因为在这之前，她已经帮我请过假了。我慌了，上学后马上到学校查，发现前面几次根本没人给我请假，全部都是缺席。"

日常生活单调，完全没有国内那样频繁热闹的社交应酬，偶尔住家会去野营。住家夫妇会叫上各自的朋友，带着自家四个孩子，加上Fiona和她的室友，一行人浩浩荡荡地出发了。小孩子们很开心，一会去爬树，一会儿围着帐篷疯跑，Fiona看见别人全家高兴地围坐在一起，有说有笑，其乐融融，自己却完全掺和不进去，一种孤苦伶仃的感觉油然而生，只好躲在树荫底下睡大觉。而室友，竟然带了一整套SAT的练习题。

特殊的环境，加速了这个花季少女的独立和成长。出国前，她过着被父母娇宠的优越生活，完全是衣来伸手、饭来张口的小公主，平日里顶多自己泡个方便面、加热一下咖喱。现在这一切都已经不复存在，她不得不学着做饭、收拾房间、洗衣服，自己找医院打疫苗，学会照顾自己，生活安排得井井有条。

决定人生的半个小时

Fiona入读的是天主教女校。学校校风很好，书包或是Ipad等物品落在哪里，也不会有人去捡。

留学之前，Fiona从没想过美国会有这么多人信奉宗教。"学校里宗教气氛很浓，我们宗教课老师是位要求非常严格的女士。考试非常多，有很多要记要背的。我学这门课甚至比英文课还要努力，还要辛苦。有时周末休息两天，我就会用一天半的时间来学它，可分数还是很不理想。"虽然GPA成绩还未达到Fiona的预期，但在宗教课的重压下，Fiona根本感觉不到来自其他学科的压力。

放学后，她也会约上外国同学，一起谈天说地，聊上一两个小时。Fiona觉得自己英文也不是非常棒，但她就是敢说，不怕错，会用最简单的语言，表达出最复杂的想法。

"在美国，你只要fail了一次单元考试，你的整个人生就fail了。"Fiona第一次数学单元测试就考砸了，后面所有的考试全部都是90分以上，最后总分还是略低，给了她沉重的教训。

学校要求每个学生都要做义工，在时间上有要求，每学期要完成，达不到时长，就可能面临着不能毕业的风险。尽管如此重要，Fiona还是会一拖再拖，直到学校deadline的最后一天，"已经到了最后一周，义工项目还没有做，哇，周二了，完全火烧眉毛了，如果没完成就会被直接降等级，或者可能被要求打铺盖回国了，但我还是会拖到周五下午。结果唯一一个我能找到的项目，就是去宠物店照顾狗。"

Fiona喜欢猫，但对于狗的惧怕程度超出一般人的想象。有一次去幼儿园做义工，帮助看护孩子。她突然看到一条狗趴在不远的地方，赶紧闪开，爬得居然比房间里的孩子还要快。一会儿工夫就到了房间的另一头。

为了完成必须要完成的两个小时义工，她极力克制自己对狗的畏惧，耐心地摸着安抚它们。谁知道一个半小时后，店长过来说："我们要关门了。"Fiona听了，恍如晴天霹雳。

"当时我就心想，天呐，完了完了，离学校要求的时间还差半个小时，就差半个小时，绝不能让这半个小时把我这辈子毁了。"于是她就勇敢地站了出来，问是否有其他事情可以帮忙。店长点了下头说："当然，你可以把狗屎清理干净。"

原本以为就是换个垃极袋，如此简单而已。打开垃圾桶那一刹那，Fiona闻到了这辈子闻过的最莫测的味道。"对我是非常大的挑战，当时觉得整个人都升华了，一下子想起了好多事情。然后我又是牵狗，又是拖地，终于凑够了时间，就赶紧跑掉了。"

特别难过的时候，她会写一些东西排解，有空时也会画画。她告诉自己不要想家，不要去想爸妈。而是尽量去想，她只是需要一个可以开车送她的人，一个能帮自己做饭的人，一个没有厕纸时可以随时喊来的家人，会有人耐心听她说话。

我和Fiona都是初中毕业后被父母送到了国外，上的都是女校，都曾经为宗教课的分数苦恼，也都住在寄宿家庭。但似乎我们的故事又大相径庭，她所经历的苦痛心酸，我能理解很心疼，但也很陌生。和她聊完，我思索了很久，到底哪种选择对一个未成年的孩子是真正的好？

来到美国已经两年，Fiona早已超出了爸爸当初的预期。她目前学习成绩很好，擅长和别人沟通，交到了不少朋友，是大家眼中公认的阳光少女，人也变得更独立坚强。而对于出国留学中发生的苦闷，她很少提及，曾经的酸甜苦辣，完整地封存在她成长中的记忆中，封存在Fiona拓荒记的电波里。

让梦想高飞

与妈妈相伴的美好时光

高考那年，ShanShan临场发挥不利，和梦想中的政法大学擦肩而过，长久以来的律师梦，彻底落了空。阴差阳错地被一所中医药方向的大学录取。因为觉得录取太不理想，与自己的爱好特长相差甚远，于是她选择出国留学。

因为决定得太过匆忙，根本没有时间准备SAT考试，她考了个雅思分数，就开始着手申请。两个月后，ShanShan收到美国爱达荷大学的录取通知书，正式开始了留学生涯。

谈起这段经历，ShanShan心里有些小小的遗憾。"其实还是挺后悔的，如果当时到美国高中读个12年级，然后再申请，应该能考到更好的大学。"

接到通知书后全家人都很开心。对于进入大学要不要在语言班学习，ShanShan的妈妈略有犹豫。担心女儿刚到美国，在大学里用英语听课、交流会有一定的障碍。

ShanShan出生于江苏省无锡市，从小到大，她学习刻苦，成绩优异，特别是对英语有一种与生俱来的天赋和热情，英语成绩在班里始终都名列前茅。中考时以较高的分数考入了无锡市第一中学。

无锡市第一中学，始建于1911年，是一所百年名校，是当地赫赫有名的重点高中。2007年，被英国剑桥大学确认为该校在中国地区的遴选中心之一，是国内为数不多的IB学校之一。每年近百分之九十几的毕业生，全部能考上国内各所大学，其独立创造的办学理念，严谨求实的校风，颇受家长和学生们的青睐。

在名校名师的双重影响下，ShanShan养成了良好的自主学习习惯，英语基础知识非常扎实，这也为她出国后轻松的大学生活奠定了牢固的基础。虽然觉得自己英语完全不会有问题，但她还是听从了妈妈的建议，到爱达荷大学后上了半年的语言班。

在ShanShan的心里，妈妈是她最敬佩的人。ShanShan很小的时候，父母就离异了，她一直跟随妈妈生活。妈妈从事美容行业，是位闯荡商界多年的女强人，不但把自己的公司经营得风声水起，还为同行中的知名企业担任咨询顾问。"我妈妈很努力，也很能干，对我来说，是个特别励志的人物。她五十岁还可以再创业，从来不怕失败，而且一直鼓励我，女人要靠自己，要独立。"

多年来的朝夕相处中，ShanShan看到过妈妈为事业打拼，竭尽全力，看到过她面对生活的磨难，独立坚强。看到她带着幼小的女儿一路成长，家庭事业兼顾，每天都非常忙碌奔波，却依然把自己打扮得优雅得体，丝毫看不出岁月风霜。ShanShan在心里默默为妈妈感到骄傲，同时也暗下决心，要做一个像妈妈那样自主强大的女人，要有自己的事业。

"在我们这个年代，想改变自己的命运，读书是非常非常关键的。"秉承这样的信念，ShanShan在学习中异常努力。有时，很多同学觉得学习太枯躁，起早贪晚特别累，她却表现出惊人的意志力。因为她知道，只有靠自己的人生，才最踏实。

母亲对她的品格有着极高的要求，也教给了她鲜明的是非观念。今年，ShanShan申请到西雅图的一家大型保险公司实习。暑假期间，她作为公司代表，受邀到Washington Business Week项目做评审。

这个项目是在美国中学里挑选出一些高中生，集中到西雅图的大学，利用两周的时间，在教授指导下做出一个个人的创业项目。项目结束前一天，每个人把创业内容做成图板形式，在大学场馆内展出。参与的高中生就站在展板旁阐述项目内容，推销自己的理念，争取到更多的资金投入。

这次展会带给ShanShan很大的震撼。"那些小朋友大概也就十五六岁吧，要当众演讲，还要邀请观众到自己的展位，拉投资，觉得他们真的挺厉害的，需要足够的能力和勇气。我印象非常深刻，这种体验对他们一辈子来说,是非常有意义的。"

每个评委手中都有金额不等的投票单,看到自己满意的项目,就把投票单交给制作该项目的高中生,上面有评委代表公司愿意投入的金额数。现场竞争激烈,为吸引更多的公司投资,高中生们都使出浑身解数。

展会结束后,ShanShan正准备离开,有两个年轻漂亮的高中生走到她面前,恳求说:"能不能请你把手里剩余的票给我们?"ShanShan听完一愣,当场就拒绝了。

像我的家庭教育,这种情况下,不可能给她们票。老师已经宣布结束了,就要遵守规则,要保持公平公正。但有的人,觉得可能高中生年龄比较小,能帮一下就帮帮嘛。但我并不赞同,觉得就应该要一视同仁。

母亲在悉心呵护ShanShan的同时,也带给了她丰盈的精神世界,和黑白分明的价值观。让她很小就开始明白,想要得到自己渴求的东西,就必须经历辛苦,付出更多的努力。她也比同龄孩子更早地知道,自己将来的路到底在哪里。

世界如此宽广

2012年秋天,ShanShan来到了位于美国西部的爱达荷大学,主修金融和数学方向。

爱达荷大学成立于1889年,是一所历史悠久的公立大学,以通识教育著称。当地居民中美国白人居多,经济以伐木业、矿业、畜牧业为主,环境单纯,治安良好,社区之间非常热情友善。大学周围自然环境优美,有湖泊、河流和国家级森林公园，为学生们提供了丰富的户外活动场地，每年的爵士音乐节，都会吸引远近各地的人们前来参加。

大学生中有一大半以上来自州内，国际生比例约为7%。中国留学生的数量更少，上课基本都是和美国当地学生在一起，氛围很好，ShanShan也交到了很多美国、韩和日本等国的朋友。

每周，她和朋友们都会相约去看电影、吃饭，ShanShan过生日的时候，大家会聚在一起，办快乐派对，为她亲手做一顿精美难忘的大餐。在异国他乡的求学生涯有好朋友的亲密陪伴，让ShanShan感觉生活充实而快乐。大家来自不同的国家，讲着不同的母语，彼此间不得不用英文交流，对她的口语和听力的提高有着相当大的帮助。

ShanShan身材苗条匀称，气质出众，两条笔直的大长腿令人称奇，这都要得益于从小开始的健美操学习。妈妈特意为她找到专业的健美操教练，从站立到舞姿，每个细节都悉心调教。日久天长，她练就了轻盈优雅的完美体态。到了大学后，这一特长让她在众人当中脱颖而出，参加了校健美操队，还在校内各种文艺演出中吸引了不少赞赏的目光。

在ShanShan的记忆中，曾经受到的表扬和肯定不计其数，但真正能够在心里留下烙印、难以忘怀的，只有少数的几个，爱达荷大学里金融课的教授，就是其中的一位。

他特别欣赏我，觉得我很优秀，会鼓励我去做我想做的事情，也会给我一些意见，我很感谢他。后来研究生申请的时候，他主动帮我写了推荐信，很少有人会这么真诚地夸赞你，对我的人生帮助还是非常大的。

还有一个学期就要毕业了，这位教授一直推荐ShanShan上股票交易的课程，他觉得这个女孩子如此上进好学，无论她将来进入到哪个领域，这门课对她的未来发展都会非常重要。后来在申请研究生和实习工作时，股票交易中讲到的知识给了她非常直接的帮助。

凭着过硬的英语功底和勤奋的学习态度，ShanShan度过轻松愉快的四年大学生活，如愿以偿申请到了华盛顿大学精算系，攻读硕士学位。

入学不久，她在学业上遇到了有所未有的困难。在这个专业中，亚裔学生占主流，很多是来自中国、韩国等的顶尖学府，个个聪明勤奋，资质一流，再加上精算这门课程本身难度非常大，开课后，她就一直感觉压力重重。

"上课时必须非常认真，不会的地方全部都要弄懂，一定要想办法和大家保持同一个水平，不然很容易挂科。"即使付出了百分之百的努力，但和天赋极高的同学们在一起，ShanShan还是感觉非常吃力。每天起早贪晚地查资料，做习题，埋头于一堆堆的数字题海里，忙到忘乎所以。

有时累极了，她也会看一场电影放松心情。屏幕上的悲欢离合，嬉笑怒骂，带领她进入到一个完全不同的世界。ShanShan沉浸在剧中人物的跌宕起伏中，暂时忘却成堆的作业，做不完的习题，查不完的资料。

其实，很多人都有这样的疑问，既然留学生过得这么辛苦，为什么还要远离自己的父母家人，跑到万里之外，用另外一种语言完成大学教育？在这一点上，ShanShan有着自己的答案。"我觉得人的眼界会不一样，很多稀奇古怪的事情，都能理解了，觉得很正常。看待人和事的态度，也会变得包容很多。"

结束硕士学习后，怀着一颗创业之心的她打算回国发展。最初她希望能留在美国工作一段时间，这也是妈妈的想法，毕竟精算系在就业方面有着非常大的优势，也是各大公司竞相招揽的人才方向。到底是回到中国还是继续待在美国，变成了她和男朋友两个人的选择。经过再三权衡，两个人都觉得国内机会非常多，创业氛围也很好。拥有理想的一对年轻人，期待在祖国的怀抱中展翅高飞。于是ShanShan决定回国发展。

我坚信，自强独立的ShanShan一定会实现自己的人生梦想。

1

2

3

1 3 斯坦福大学
2 4 5 迈阿密的维兹卡亚花园博物馆

4

5

1
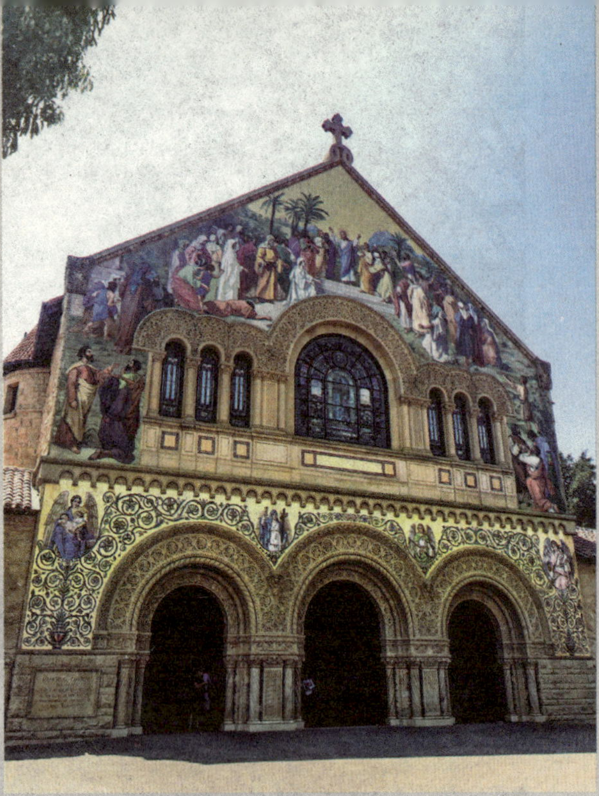

5

2
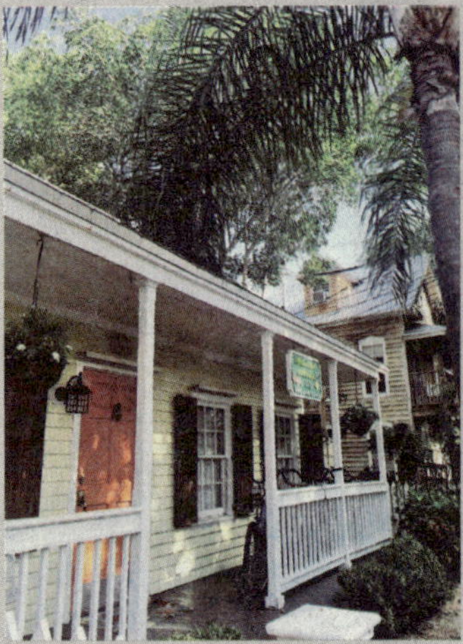

3
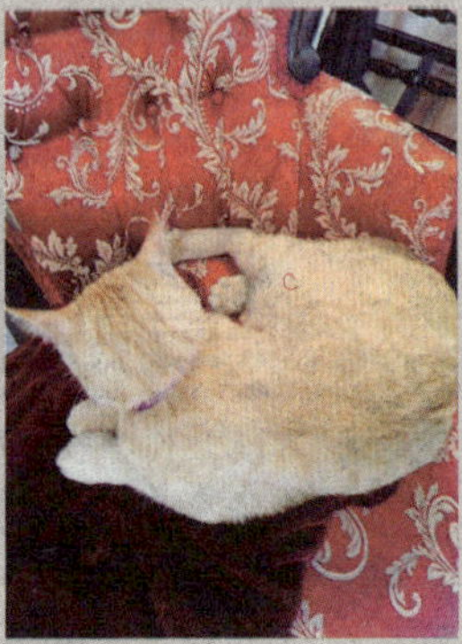

1 斯坦福大学内的教堂
2 海明威故居
3 故居里有名的"六趾猫"
4 胡佛塔
5 多伦多大学教学楼

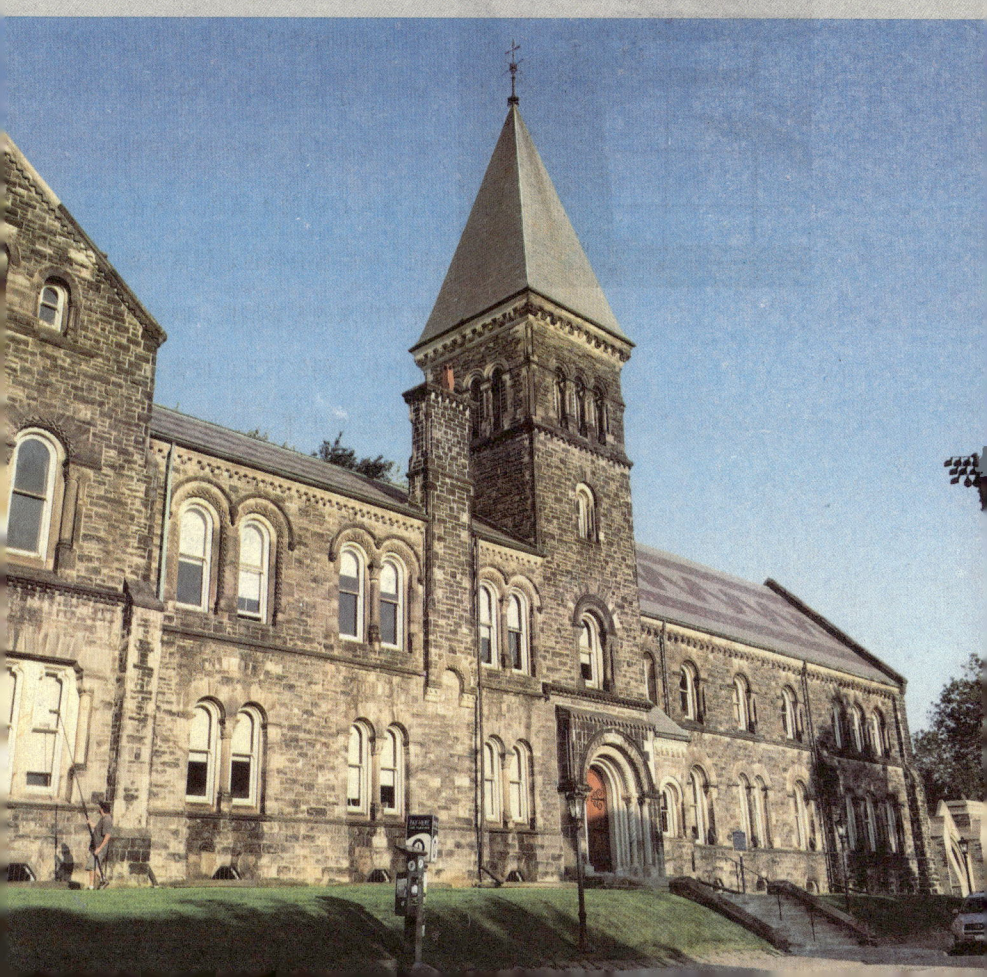

Jessica

只有民族的 才是世界的

艺术启蒙之路

那是一个晴好的午后。10年级的Jessica和同学们,在艺术史老师的带领下,走进了摩洛哥当地的一个小镇。远远望去,整个城镇呈现出一大片令人心动的土黄色,建在半山之间,房屋各有特色,错落有致。马赛克拼出来的多彩墙壁,映衬着暗棕色的窗棂,偶尔有几位披着头纱的曼妙女子迎面走来,亮丽得让人心头发热,款款飘过,身后投下一束婀娜的光影。眼前的美景,会让人不由自主地想起了想起了三毛,以及她笔下的爱情撒哈拉。

Jessica简直看呆了。沉醉在异域风光中，觉得身边的建筑也像是活了一样，娓娓倾述着过往的沧桑变化，她惊讶得几乎说不出话来。

　　也不知道从什么时候开始，Jessica渐渐脱离了队伍，等她醒过神来，才发现老师和同学们全都不见了，只有她一个人走在幽静的小路上。这时她焦急地寻找着，发现都是一样的建筑，一样的转角，就像掉进了巨大的迷宫，明明已经走了很远，仿佛又回到了起点。迎着几个本地人走过去，她想试着问问路，只听见耳边一片叽叽咕咕的，根本分辨不出来他们讲的是什么语言。

　　这时，Jessica心急如焚，再也无心贪恋美景，加快了脚下的步伐。迷迷糊糊地就来到了一个宽阔的空场地，可能是小镇的市民中心广场。"这时，我听到了非常好听的吉他声，就在一片喧闹声中。我不知不觉地就停了下来，坐在地上静静地听着，像是被迷住了一样，完全忘记了要去找老师和同学这回事。"可能是音乐的声音太美妙，太具魔力，等她惊醒过来，发现老师带领着同学们也来到了这个广场。

　　这一年，是Jessica赴美留学的第二年。或许常人很难想象，一个16岁的女孩子，置身于遥远陌生的非洲国家，找不到老师同学，完全有走失的危险，却因为一首吉他曲而沉迷其中，忘乎所以。究其原因，你不难发现，这个女孩子来自艺术世家，父亲是中国较早的文物收藏家。

　　从小，Jessica就和艺术结下了不解之缘。在大多数孩子还沉迷于看动画片，还在疯玩疯跑的年龄，Jessica就已经跟随着父亲走入了一个博大精深的文物世界，开始了她的逐梦之旅。父亲年轻时开始收藏，范围广泛，从古书字画到玉器、陶瓷器、家具等等，完全是兴趣所至，有时会从蒙尘的旧物中淘到一两件令人称奇的宝贝。而每件宝贝背后，都有一段惊心动魄的传奇故事。

很小的时候，Jessica喜欢偷偷溜进父亲的收藏馆，看父亲细细赏玩，完全陶醉于其中。有时，父亲会把年幼的女儿抱在怀里，耐心讲述着它们的由来，价值几何，神韵所在。她看着眼前陈旧的老古董，在父亲的讲解中被重新赋予了灵性和光华，觉得神奇的不得了。在她细小的心田里，播下了可贵的艺术萌芽。

她的父母学识渊博，性格平和，凡事讲求自由民主，非常尊重女儿的想法。他们从不强求女儿做什么事情，无论是她的人生抉择，还是业余喜好，必出于女儿自己的意愿。

Jessica自幼研习书法，最开始可能是因为好奇，也可能是喜欢笔墨间散发出来的雅香，Jessica只是拿起毛笔，在手里随意耍玩。后来发现，自己在这场游戏中玩得游刃有余，虽然没经过刻意训练，写出来的字笨朴可爱，但也有形有体。渐渐的，她的信心大增，每日练习书法的时间越来越长，父母看到女儿有如此的天赋和热情，找到名师悉心指教。不出几年，Jessica的书法作品得到大家的一致好评，在各种比赛中拿奖拿到手软。

出国留学这一想法，由来已久。"其实我刚上初中的时候，就准备出国了。但是我爸妈一直没有提，希望由我自己来做决定。"从很小开始，Jessica就由父母带领，频繁奔赴上海等地的国际夏令营。整天和外国小朋友在一起做游戏，上台演讲等等，练就了一口娴熟地道的英语。

初一的时候，Jessica参加了为期两周的美国深度游学项目，是参与学生中年纪最小的。第一周在华盛顿的公立中学，按年级分类，插班和本地学生一起上课，住在寄宿家庭，第二周到加利福尼亚州。

刚开始上课时，她觉得课堂氛围特别好，和以往的感受完全不同。学生们不用规规矩矩地挺直身子，也不用透过别人的后脑勺才能看到老师。老师就站在中间，小伙伴们围坐在一起，可以你看着我，我看着你，有说有笑。有时上课老师还会发给他们零食吃，举手就可以回答问题，大家都抢着说，老师经常插不上嘴。课堂上没有所谓的正确答案，关键是要学会勇敢的表达自己的观点。

印象很深的是科学课，不用背死板乏味的公式、化学成分什么的，总是在做实验。具体做的是什么Jessica早已记不清了，只记得老师把他们分成不同的小组，大家凑在一起很是神秘，七嘴八舌商讨着如何破解出实验的谜团，活像是一支寻宝的探险小分队。

唤醒心中潜能

初中毕业后，Jessica办好了出国留学手续。没有父母的陪同，她只身一人来到了美国马里兰州的一所寄宿制女校。

这是一座传统的贵族女校，很多同学的祖母、母亲全都毕业于此。许多家庭世代生活在这里，彼此之间是从小一起长大的玩伴，感情非常深厚。Jessica突然意识到，在这所学校里交到朋友，是一件非常非常困难的事。学校里中国留学生寥寥无几，自己淹没在本地的白人同学中间，完全是一个外来者。没有自幼朝夕相处的感情基础，再加上文化背景的巨大差异，让她无法参与到同学之间的闲聊和交往，也找不到同伴诉说初来的艰难感受。

孤独，如潮水般袭向这个成长中的女孩子。刚开始，非常非常想家。白天还好，在一堆人中间，整天忙忙碌碌，做作业，查资料。一到晚上，夜深人静，脑海里就会不受控制地想到国内的父母，想昔日的好朋友，还会想念家里的饭菜。有时整夜整夜地失眠，难过得一个人无法入睡。

出国前，一直有人告诉我，要少说中文，多和美国同学在一起，要融入当地社会。后来，我认为这可能是一个比较盲目的想法，没有必要强迫自己一定要和美国同学做朋友。你可以寻找和自己有相同的成长背景的人，也可以找到有共同的兴趣爱好，或是价值观相等的人做朋友，而不必在意她（他）究竟是哪里人。

很快，Jessica在同寝的宿舍里，找到了和自己志同道合的好朋友。正是这位朋友，唤醒了她体内一直潜藏的艺术基因，自然而然地把她的目光引向了从事艺术的职业之路。

这位室友是位韩国人。第一年，同寝室的人都是老师随机分配的，第二年开始，学生之间可以自由选择。Jessica和韩国朋友建立了深厚的友谊，高中四年，两个人始终生活在一起。

她是学画画的，现在就读于纽约著名的帕尔森设计学院。她从小就坚定地认为，自己会成为很棒的设计师。她对我的生活，包括鉴赏能力，影响都特别大。以前我觉得画画好的人，也没有什么。但那个时候，看到她每天坚持画画，可以对一件事投入自己全部的热情，这种执着深深感染了我。我开始渐渐地接纳不同的艺术形式，也成为我向艺术史转变的起点。

这份珍贵的友谊一直延续至今，并且愈久愈浓。假期的时候，朋友会跑到波士顿大学看望Jessica，她也会专程去纽约拜访韩国室友，两个人分享着

学习中的各种趣事，或是对艺术的见解。

真正引领Jessica走上艺术道路的，还有学校里教授AP艺术史的老师BJ。她素养很高，也是学校艺术协会的主席。BJ在生活中特别照顾国际留学生，在很多问题上会帮助留学生向学校申诉。有时，女孩子之间有些纷争摩擦，校方觉得没有什么，不会引起相当的注视。老师就会主动联系学校，提议尽早介入调停。

在她的课堂上，Jessica总是听得特别认真。同时，BJ也注意到了Jessica，她觉得这个中国女孩子一言一行中都散发着优雅的艺术气息，尤其是写得一笔好字，洒脱大方，让她赞叹不已。于是，她鼓励Jessica在学校办一次个

人书法展，并免费提供学校的画廊作为展览场地。

　　整整一个暑期，Jessica在家里忙着准备展会上的作品，还精心设计了作品集。

　　"布展那段时间，朋友们帮助了我很多，我们学校9月6号才开学，从3号开始，朋友们就天天在画廊里帮忙。有韩国人，美国人，中国人等，帮我搬运呀什么的，没有她们，我一个人肯定应付不来。真正的朋友，总是出现在你最需要的时候，心里非常感谢她们。"Jessica的书法作品很多，大家需要在地上小心铺开，一一调整好先后顺序。有些大幅作品的展框非常厚重，需要几个女孩子合力才能挂到墙上。

　　Jessica的个人书法展，在这个百年的传统学校里引起了很大的轰动。学生们不断地被吸引过来，驻足于一幅幅作品面前，第一次见识了来自东方古国的文化魅力。在她的笔下，古老而神奇的中国文字，时而如脱缰的野马，时而如腾挪的蛟龙，融合着儒家的内敛，又有着老庄的恬静。笔笔游龙竞走，铿锵有力，同学们看得如醉如痴。

尽管对艺术怀着极大的兴趣，大学申请前夕，Jessica还是陷入了短暂的迷茫。她拿不定主意，到底应该选择哪个专业。艺术史的老师找到她说："无论你将来学什么，或者做什么，艺术史这门课程，对你都将受益一生。"老师不但从精神上鼓励她，还尽其所能地找到渠道，帮助自己心爱的学生。

距离波士顿两个小时车程的史密斯学院，被称为是天堂湖畔的美丽明珠，是全美最大的女子学院，艺术气息浓厚，远近闻名。艺术史的老师亲自找到该学院的招生官，把她请到学校里来，专门给Jessica一个人安排面试。面试进行得非常顺利，但Jessica希望在多元的环境中得到成长和锻炼，就与史密斯学院擦肩而过。

决定大学申请的时候，一向开明的父亲，罕见地亮出了自己的观点。"开始，我是想去纽约。爸爸说纽约是现代艺术中心，而波士顿的古典氛围浓厚，比较适合我。"Jessica听从了父亲的建议。

融汇中西精华

2016年，Jessica考入了波士顿大学，主修艺术史和法语。

在很多人的心目中，法语是一门非常优雅的语言，Jessica也特别喜欢。到了波士顿大学后，她报名加入学校法语俱乐部，同时还参加了整个波士顿

市的法语联盟会。这个组织遍布全球各地，服务于热爱法语的广大人群。

联盟的活动地点在一所古老的法式建筑里，会有很多上了年纪的老人前来。他们有的是法国人的后代，或者在法国生活过很久，口音非常地道，经常去参加这样的活动，对我的法语提高帮助特别大。

有一次，活动的内容是电影鉴赏会，观看影片《玛格丽特》。该片是根据美国五音不全的歌剧爱好者珍金丝女士的真实故事改编的。历史上的珍金丝出生于豪门，一心想要学习音乐，却得不到父亲的支持。一怒之下嫁给了大自己十几岁的丈夫，染上严重疾病后，两个人离婚了。幸运的是，她遇到了深爱自己的男人克莱尔，两人成立了有名的音乐俱乐部，还资助了许多音乐人。珍金丝本身并没有什么歌唱天赋，反而是严重的拖拍、走音，音乐之路异常曲折。但她始终没有放弃，常年不断地刻苦练习。临终前，她说了这样一句话："人们也许说我不会唱，但没人能说我没唱过。"

"我觉得这部片子非常励志。看过很久，都很难忘怀。"浸泡式的学习，让Jessica的法语进展飞速。联盟会不定期地举办品酒会、读书会，大家坐在一起，交流心得体会。

波士顿是美国最具文化气息的魅力城市之一，大大小小的图书馆、博物馆林立，Jessica在这里找到了自己的秘密花园——伊莎贝尔·斯图尔特·加德纳博物馆。

这是伊莎贝尔夫人的私人博物馆，完全是依据主人的喜欢而收购的各类艺术品。里面藏品丰富，保存完好，博物馆设计师将展品完美融入到建筑当中，呈现出极佳的视觉效果。展馆中间是个大花园，具有北美难得一见的古典主义意大利庭院风格。这个地方，国内了解的人并不多，偶尔知道的，也因为这里曾是世界十大名画失窃案之一的发生地。有空时Jessica经常来到这里，流连于唯美的艺术品之间，常常忘记了时间。

今年暑期，Jessica来到南京博物院，在社会服务部实习。她欣喜地发现，博物馆各个部门越来越注重观众的反馈和喜好，展览后期会安排很多教育活动，并且开始放眼全球，引入国际合作，丰富国人的艺术体验。Jessica希望能把自己学到的知识，运用到实习工作中。

留学这些年，Jessica渐渐对中西文化形成了自己的理解与认识。

出国以后，我一直没有丢掉家里教给我的理念，也没有丢掉中国文化，反而会更加珍惜。我不赞成有些人一味地只学习国外的东西，而不学自己国家的传统文化。中西文化完全可以融会贯通，两者的结合才最完美。我相信，只有民族的，才是世界的。

当我问她，目前的学习中还有什么体会感受。Jessica面带微笑，一脸自豪地说："我觉得从事艺术是一件特别幸福的事情。"

附录一首Jessica非常最喜欢的一首诗《我的人生》，作者沙叶新。

即使命运从不发芽，

我不惋惜千百次播种；

即使花朵结不成果实，

我不遗憾千百次凋零。

信念告诉我的人生，

没有比脚再长的道路，

没有比人更高的山峰。

即使永远找不到大海，

我不停息寻觅的歌声；

即使脚印被风雪掩埋，

我也真爱走过的路程，

无愧无悔才是人生。

朝着地平线匆匆走去，

让世界评说我的背影。

当阳光照进现实

父女间的奇葩约定

北京市海淀区中关村大街37号，是人大附中所在地。每当学生们身穿红白相间的校服走在街上，身后总会投来无数双羡慕的目光。众所周知，这所学校人才济济，特级教师云集，在国内中学排行榜上始终雄踞首位，是无数莘莘学子做梦都向往的大神级名校。尽管学校各届的高考状元层出不穷，全国级竞赛的获奖选手遍布各个班级，但学习和考试并不是这里的全部。

如果你有幸在这里学习，学校里的动漫社、美食社、街舞社、书法社等社团应有尽有，绝对突破想象。而选修课程的丰富程度甚至超过了很多大学，有羽毛球、数学史、音乐创作、化学实验、汽车模拟驾驶、20世纪战争与和平等等，将近200种选修课，总有一款适合你。

无论你有何种兴趣爱好，校方都会花大力气，找来顶级的专业资源相匹配，帮助学生最大程度地挖掘自身潜力。如果你是一名麦霸，一年一度的歌舞嘉年华绝对适合，专业的灯光音响和台下的掌声、呐喊声全部为你而来。如果你是一名运动健将，篮球联赛、足球联赛，都会让你成为一名有故事的人。

在这所学校里，优秀是一种习惯，但优秀的方式绝不止一种。

作为一名佼佼者，Sunny在人大附中度过初中三年和高一的难忘生涯。出于对电影的爱好，她从初一开始，就参加过电影节，这项活动由人大附中外联部主办，Sunny当时是初中外联部的负责人之一。

在电影节上，Sunny一下子就被吸引了，她发现自己在画面中找到了别样的乐趣。之前她的脑海中关于电影的概念，只是来源于影院里的观看感受。她没想到在这块屏幕背后，在整个拍摄过程中，居然这么生动有趣。

学校的游学活动也十分丰富，Sunny去英国时，正值冬季，阴寒湿冷的城市让她感觉特别压抑。而在美国就截然不同，成天阳光明媚，活力十足。也是从那时候开始，Sunny有了出国留学的念头。

Sunny为人大方热情，脑子里奇思妙想不断，和同学朋友关系极佳。不但擅长和同龄的学生们相处甚欢，和高中部的师哥师姐们也很熟络。在学校里，很多只开放给高中学生的活动，她都会想方设法和学长们一起参加。按她自己的话说，"初中三年的生活，已经透支了高中的精彩，而我想追求一些新的体验。"这时，一心想要到美国留学的冲动，不可遏止地冲撞着她的心。

不同于其他家庭的支持和鼓励，爸爸在出国留学问题虽然嘴上不说，但Sunny完全能感受到反对的态度。毕竟Sunny已经在国内顶尖学校就读，而且学习成绩一直保持优异。爸爸觉得，根本没有必要远渡重洋，到一个完全陌生的国家去。但Sunny性格坚毅，从小就不愿按既定的轨迹生活，而且下决心要做的事情从不会轻言放弃。最重要的是，她知道怎么去为自己的愿望去努力争取。

"我爸爸是这样的人，如果你做出了一个决定，就要证明自己有能力把它做好。"至于该怎么证明自己的能力，爸爸想出一个令所有人匪夷所思的办法。于是，父女之间达成了一个奇葩的约定：如果Sunny中考能考上人大附中，就可以遂她所愿，到美国留学，否则，一切免谈。

接下来，Sunny进入到一种主动的、全身心的投入式学习，成果斐然。先是在托福考试中拿到了相当好的分数，接着中考成绩单公布出来，爸爸看过后，心想这个一直守护在身边的女儿终究还是要放飞了。

2014年秋天，Sunny来到纽泽西的一所私立高中。她完全没有大起大落的感觉，也没经历"难挨的阵痛期"，很快就适应了国外的生活。学习上的障碍、英文能力、还有和寄宿家庭的相处，在她的眼中统统都不是问题。她觉得，有困难想办法解决就好了。无论是宣泄情绪，还是自顾自怜，一丁点帮助都没有。"就算你一个人难过到极点，或者在房间里流泪,也无济于事。我会先让自己冷静下来,把这件事情解决到自己能应对的最好程度。"

第二年,她就被指定为学校里国际留学生导员的职位,帮助新入学的国际生解决学习生活中遇到的难题。她发现,其实很多留学生备受困扰的事情,根本不棘手,通过简单沟通就能轻松解决。"很多留学生就是不敢说。她们把困难告诉我,我再去找老师联系,就很好解决,但她们就是不敢自己去说。有的同学看到外国人的面孔,开口用英语沟通,会非常紧张。

在这方面,Sunny有自己的"秘密武器",完全没有英语交流障碍。

这个"秘密武器",就是她在初中时认识的一位留学生。他是位美国人,当时正在人民大学攻读研究生学位。最初只是想找位有偿外教,练习一下口语。幸运的是,两个人之间友谊发展迅速,很快达到亦师亦友的状态,每周在固定的时间会约在一起看书、看电影,或者聊聊天,一直持续了两年多的时间,直到Sunny出国前。这位外教很喜欢她的灵动活泼,会邀请她一起听音乐,看自己小时候看过的动画片。在日久天长的熏陶下,Sunny讲得一口标准而且地道的美语。很多只有本地人才会用到的习惯用语,或是生僻的俚语,她运用起来驾轻就熟。

如果之前,你就有和外国人习惯性交谈的经历,你再去面对外国人时,就完全没有紧张感,也不会有任何心理压力。因为你知道即使他们真的听不懂,也不过是会再问你一遍。

Sunny所在高中的英语老师多才多艺,在学校身兼多职。除了教授英文外,还是网球教练和学校官方认证的国际留学生导师。这位老师对中国文化情有独钟,课余时间喜欢和Sunny讨论中国的经典名著,谈书中大量的细节。"这是一件非常神奇的事情,当外国人已经在看《红楼梦》《围城》《边城》时,我会想,做为中国人,自己是不是也要看。后来,因为这个缘故,我把《边城》仔仔细细看了一遍。"

国外宽松自由的学习氛围,让她感觉轻松畅快。曾经的电影情结,在Sunny的心中再度萌发,她决定重拾自己的导演梦。

激情与梦想

最开始,她把目标定位在MV的拍摄上。

挑选曲目的时候,很多人建议用欧美巨星的歌曲做为拍摄对象,但Sunny有自己的考虑。她选择了人大附中的学姐、独立唱作歌手高姗的作品《Roll the Dice》,歌曲里传递出来的积极态度令人耳目一新。高姗在2007年参加摩登天空音乐节时被音乐感染,开始组建乐队,参加校际比赛并在北京大学十佳歌手大赛中获得冠军。成名后,在母校人大附中的学生电影节中,为多部参赛电影创作并演唱了主题曲。这首《Roll the Dice》是国内电视剧《杉杉来了》中的插曲,随着电视剧的热播,歌声传遍了大街小巷,为大众所熟知。

整个MV只有短短的四分多钟,很多看似简单的画面,完成起来却十分艰难。比如说,其中一场掷骰子的近距离特写镜头,工作人员事先也进行了练习,但因为是MV第一个画面,Sunny对其要求极高,不仅需要骰子正好落到画面中间的金属板上,更要配合好阳光的角度和亮度,于是不得不重复很多遍。等阳光,掷骰子,一个镜头几乎耗费了一下午的时间。

还有一组镜头，就是女主角拿着学习资料，走在学校的小路上，不小心被迎面跑来的同学撞到，纸张散落了一地。很遗憾，当天天气阴沉，光线并不理想，Sunny拿着摄像机，找了半天，才找到最合适的拍摄角度，完成构图和布光等环节。开始，她蹲着拍，后来干脆整个人半躺在地上，举着沉重的机器。可是风实在是太大了，落在地上的纸一下子被刮得很远，到处都是，Sunny和剧组成员赶紧跑着捡回来，重新拍。一次次没通过，就再捡回来，一次次再拍。直到完成后，她才发现自己拿着摄像机的胳膊都麻了，稍稍抬起来都非常困难。

更意想不到的是，剧本中描写的男主角是位篮球高手，其中一个经典镜头，就是在篮球场上帅气的一记远投。服装、场地全部都协调到位，人员也到达了现场，一开机才发现，这个男演员完全不会打篮球，多次都投不中。但预约的场地无法更换，男主角的时间也不好协

调，情急之下，只能求助在场的另一位男同学做为替身，才圆满完成。

　　这部作品先是在学校做了展示，后来又放在了Youtube上，引来很多人的围观，短时间内，点击量巨增。同时，学校里的同学老师进一步地了解到Sunny的艺术才华，特别是对她的领导能力给予了极高的评价。

经过MV的成功试水，她信心大增，决定拍出一部真正的电影。真正的创作初衷，是想把自己内心深处对于世界的理解，通过镜头表达出来，希望更多的人能看到。

电影的素材，来源于一部美国科幻短篇小说，Sunny对于其中的内容进行了大幅度的修改，只是借鉴了书中一些新颖的概念。讲述了一对相爱的恋人，从结婚到生子，过着美满而幸福的生活。结果有一天，妻子突然发现自己的丈夫和孩子全都莫名其妙地消失了。根据种种线索，她找到一个实验室，才知道原来自己是个实验对象，而另一个实验对象逃离，挟走了她的丈夫和孩子，逃到另外的时空中。于是一个追杀与反追杀的行动，就此展开。

剧情跌宕复杂，拍摄视角在男女主角之间频繁变换，如果对原著完全陌生，理解起来需要相当的领悟力。以至于Sunny和演员说戏时，经常要接连说上三遍，才能被理解。而且剧中涉及的实验室等情节，对于场地配置要求颇高，但苦于条件资金都有限，Sunny不得不进行缩减，变成了后来的简易版。

这是一项庞大而且极其复杂的项目，涉猎的领域很广、人员众多，需要大量的协调工作。不要说是一个高中生，就是成年人做起来，也会感到困难重重。

Sunny开始全体总动员，先是找到老师帮忙改剧本、借演员，另外一个老师帮忙管理相机、三角架、灯光等道具器材。然后就组建团队，制定出合理的分工协作流程。考虑到每个人的性格特点，她把道具、场务等需要沟通的工作交给做事细致的国际生，而演员、剧本、摄像等，更倾向于发音纯正的美国同学。所有人在剧组里都相处得非常融洽，拍摄结束后，很多同学成为了非常亲密的好朋友。

从前期募资、剧本创作、挑选演员、拍摄过程、剪辑到配乐，甚至到场地的租借，道具的保管及使用，每个环节都要思虑周详，很多事情都需要Sunny亲力亲为。拍摄的几个月里，突发状况不断，Sunny表现出惊人的组织决策能力。这种能力，不是父母从小教给她的，也不是在课堂上学到的，而是她自己在电影拍摄过程中一点点被激发出来的。

出于剧情的需要，Sunny在学校剧团中甄选男女主角。男主角很快就找到了，女主角的人选寻找起来却异常困难。在这部电影里，女主角经历坎坷，性格多变，甚至有些偏执和神经质，而且剧中的年龄偏大，是位母亲，应该在三十岁上下。当时有四位候选人，都是学校音乐剧中的演员，Sunny对她们一一进行面试，均以失败告终。正当她有点心灰意冷的时候，第三位面试的女主角推荐了一位低年级的学生。

Sunny心中暗自担忧，虽然这位小女生也是音乐剧团的演员，但是一副瘦弱的样子，怎么看都和自己心中的形象相差甚远。"如果拍出来效果不好，以我的性格，肯定会换演员的，想想就觉得不忍心。"小女生完全不知情,听说要当电影中的女主角,兴奋得不得了。

拍摄第一天,Sunny特意安排了一些容易完成的日常镜头,希望能由浅入深,帮助演员慢慢进入状态。但也有一场女主角发现孩子走失的戏,表演起来特别有挑战性。"我很担心,好在那一场戏下来,这个女孩子呈现出来的紧张感、压迫感都非常真实。当时我觉得,可能是冥冥中注定,要由她来演这个角色。"

这部倾注了Sunny诸多心血和精力的电影,最终并没有面世。在一次电脑硬盘事故中,大部分的原始素材意外丢失,得知消息后,她非常焦虑,几乎都要崩溃了。她也曾想过,把所有的演员都找回来,再重新拍一遍,但有些演员此时都已经毕业了。更何况,每个人的时间安排,资金场地种种限制,最终不得不选择放弃。

对于大多数人来说,这绝对是重重一击,甚至都有可能一蹶不振。现实给这位正在走向成年的女孩子上了一堂生动的挫折教育课。这种挫折来得越早,越能够历炼出一个人的大气和格局。Sunny在这堂课上,用自己的豁达赢得了漂亮的满分。"不管结果怎样,对我来说,都是一段非常宝贵的经历,意义非凡。我想,这已经足够了。"

一直以来,Sunny以为自己会顺理成章地沿着艺术的道路前行,或许将来的职业,多多少少会和电影相关,但在拍摄过程中,她发现了一些有趣的事情,引发了她对未来的思考。

当时资金有限,只能租用一台摄影机,担当摄像的同学对艺术非常痴迷。有时,同一个场景,需要多个镜头拍摄,在男女主角之间不停切换,十几条拍下来,需要大半天的工夫。Sunny觉得完全可以了,但是负责摄像的这位同学依然动力十足,坚持让演员们重新表演一遍,自己换到另外一个角度重拍。

Sunny突然发现自己的兴趣点全然不在拍摄上,也不在于对艺术的完美雕琢,而是对拍摄中需要的超凡组织力有着极强的把控。

慢慢地她发现,自己具有的这种潜质,绝对异乎他人,简直就是自己身上的独特魅力。她可以动员身边的很多人,心甘情愿地参与到这项苦差事里来,组织大家各司其职,共同协作,把事情进行到底。很多繁杂的沟通细节,别人都非常头疼,但Sunny做起来得心应手,并且享乐其中。

2017年,Sunny凭着优异的成绩,成功申请到波士顿大学。回首这一路走来,无论是苦是乐,她都怀着感恩的心态,感恩和挚友良师的遇见,感恩命运的惠顾,感恩在年少时和电影的狭路相逢。在留学的漫漫长路中,她幸运地找寻到了拼搏的快乐,留下了无悔青春的激情与梦想。

Erika　　　# 被命运眷顾的爱笑女生

大洋彼岸的迅速成长

美国硅谷的一家科技公司，正在举行新产品的报告会。会议室里阳光明亮，气氛热烈，参会人员都穿着正式，神情专注，围坐在一起，认真地听取一位华人女生的汇报。她谈吐自如，声音甜美，这个女生，就是今天的主人公Erika。

此时，她供职的公司，类似于美国亚马逊公司，是一家产品为主的科技公司,Erika日常工作,是收集各方资料,为推出的新产品做出风险评估,以便老板做出是否投资的决定。

另一项非常重要的工作,就是帮助修复公司系统里存在的漏洞。"在有限的资源下,要判断系统里的漏洞对顾客的影响,解决方案有哪些麻烦。要和管理层商量,再跟进漏洞修复的进度,要和很多人去交流。我的工作,既可以和专业人士交涉,探讨具体的解决方案,也要和客服人员说,我们目前的问题和达到的程度,需要借助客服和顾客多交流,并商量其他的补偿方法。"

解决系统漏洞,是一件令人头疼的事情,要有相当的时间和精力,有时候也需要些许运气。所以,无论是哪个程序员,克服了系统障碍,他们会被看做是公司里的英雄。

在工作中,她要和客服人员保持频繁沟通,真切地看到了客服工作背后的辛酸。经常接到顾客投诉电话,有时一个看起来很小的问题,在某一个瞬间被无限放大,好像天都要塌下来了。客服人员首先要稳住顾客的情绪,再慢慢让他们说清楚问题在哪里。

Erika说:"可能我们普通人看起来平时很简洁很简单的一些网页,或是一个小小的按钮,但在背后,要由众多专业人员,做大量的调查和修复工作才能完成。在美国工作这段时间我收获到了很多。"

如果你有机会和Erika交谈,一定会被她流利自如的英语所震惊,或者会认为她从小生长在美国,很难相信,她是大学毕业才出国的留学生。

Erika本科毕业于西安交大,大四的时候,托福等标准化考试都得到了相当高的成绩。但刚到美国时,因为应试和现实的差别巨大,她经历了短暂却

很尴尬的时期。

还记得去超市买日常用品,结账时一个操着浓重口音的女人问候她。就是一句最基本最简单的问候,却让Erika措手不及。她当场愣在那里,搜索遍了脑海里强大的词汇库,却找不到一句可以完美回应的话。这件事情一直激励着她去努力练习英语,在之后的日子里更加努力。

而此情形,在她第一天在美国公司上班时又重温了一遍。那天,她走进新公司,坐在自己的位置上,还没得到具体的工作安排。她的上级,是一位比她大两岁的学姐,穿梭在公司里,说着一口娴熟流利的英语,分配工作,沟通进展。

"这个场景,让我看了非常羡慕。"Erika打量着周围的一切,细心地观察,她脑子里不停地在想,自己究竟要怎么样和身边的同事打交道,应该说一些什么才不会显得很突兀。尽管已经练习多遍,说出来的英文总是磕磕绊绊的,和自己原来预想的流利程度大相径庭。好在老板和同事们都很友善,一直在鼓励和帮助她。加上Erika所在的工作岗位,必须频繁参加不同的会议,和客服打电话沟通产品问题,没过多久,她的英文表达突飞猛进。

聊到这里,我很好奇,讨教Erika说:"你有什么学英语的窍门,可以分享一下吗?"Erika笑了一下说:"其实我并没有刻意的去学英文,我觉得是一个自然而然的过程。我没有每天回家就拼命去学英语,而是上班时大量地看英文资料和文章,参加不同的会议,有时长达三四个小时。这样坚持下来,我觉得任何人的英文都可以达到熟练的程度。"

未来在哪里

出国前,Erika一直是听从父母安排的乖乖女。而她的父母,奉行着典型的中国式教育,对Erika有着强烈的影响力和掌控力。只要觉得对她好的事情,父母都会不计一切代价帮她争取。同时,父母也有严厉的一面,他们要求女儿用心做好每一件事情。

在她高中文理科分班的时候,父母说:"你应该选理科,因为我们家里没有理科生。"于是,Erika想都没想,就去学了理科,但不得不说,父母的这个决定,奠定了她将来在IT行业的如鱼得水。

高考前报志愿,她和家人商量了很久关于专业的事情,最后是她的父母说:"西安交大的工业工程专业不是第一名吗,那就选这个专业吧。"于是,这个决定就开始了Erika在西安交大的生活。

但不同的是,Erika并没有某些乖孩子的懦弱,相反,她很率性,勇敢活泼,在西安交大参加了学校的动漫社团,做为领导者,把社团各项活动弄得风生水起。在这个社团里,收获了很多很纯粹的友情。

丰富的课余活动丝毫没有影响到她的学习成绩。临近大四,她被学校保送研究生。在许多人羡慕着Erika的幸运时,她对自己人生进行了深刻的思考。她亲眼看着学长学姐们,走出校门后找到人们眼中的好工作,过得光鲜亮丽。但衣食无忧的生活,对于Erika来说,好像欠缺了点什么东西,已经完全不能够满足Erika的"野心"了。

"这个世界上没有所谓的好与不好,只看是不是适合某种人罢了,如果我觉得这种生活不好,那就不是适合我的生活。"于是,这个率性的女孩子选择出国,去远方追求更具有挑战性的生活。一年之内,她做好了全部出国前的准备,收到了几所学校的offer,最终还是采纳了自己父母的意见,去了美国IT专业排名第一的学校。在父母眼中,排名最高的,意味着具备更优质的资源。

听完Erika讲述的这一段,我突然感慨万分。其实,所有的父母都会参与到孩子的人生,只是程度或深或浅。但这种参与分成两种,结果也是千差万别。

第一种就是父母认为自己的选择对孩子最好,从不过问孩子的想法和孩子想要什么,主观臆断,用尽方法让孩子按照自己的意愿去做。经常会造成亲子关系的紧张,孩子习惯性叛逆的状况。

第二种是比较明智的父母，他们可能会更多地参与到孩子的成长过程，但他们会认真倾听孩子的要求，运用自己的经验，帮助转折期的孩子，做出更理想的选择。即使孩子选的路和自己的本愿并不相同，父母也会耐心引导，绝不会去强迫干涉。

幸运的是，Erika的父母属于后者。

出国之后，Erika就像是一只自由的小鸟，第一次飞离自己的家，离开了自己的父母，也开始饱尝背井离乡后的种种滋味。她终于有机会看清了自己，知道了自己的潜力在哪里，也第一次了解到自己究竟有多么独立和坚强。

独处的时候，Erika经常会与自己谈话："Is this what you want? Why are you unhappy? Why are you happy? When do you feel happy? What were you doing?" 在这种日复一日的问答中，品味着迅速成长的感受，对自己有了一个更深层次的了解。

从小到大，Erika是一个努力上进、父母老师人人都喜欢的孩子，以相当高的成绩考入国内理工排名第一的名校，大学期间成绩相当优异、组织活动各方面都做得有声有色，当初心心念念地想要到美国来留学，可真正踏上这片土地，进入到自己的梦之神校后，她突然发现找不到自己了，在众多优秀的同学中间彻底地迷失了。

她硕士入读的是全美工业工程排名第一的学校，校园里可谓是藏龙卧虎，教授们很多是同行业世界级的领军人物，同学们大多都是来自世界名校的专业学霸，更不乏国内清华北大的高材生。这些大神级别的学生绝对不是我们以往印象中刻板的学习机器。相反，他们对专业既有激情，做起事来又是一副脚踏实地、科学严谨的理工范儿。

但反观自己，她活泼好动，开朗善谈，痴迷动漫，爱写文章，情感丰富，有强烈的表达欲望，心里始终住着一个艺术家，而非工程学家。Erika觉得和周围的同学相比，自己完全就是不同类型的人，总像缺少了点什么，也许不是那么的严肃认真、一板一眼，好像又不仅如此，这种情况越演越烈，让她感觉非常恐慌。

开始Erika很排斥这种特立独行式的不同，甚至寻求了学校心理医生的帮助。在那段迷失的日子里，她写下了大段大段的文章，找来很多心理学的书籍，在其中迫切寻找答案。有一天，她终于明白了一个事实，自己原本就是需要用写作、或者唱歌跳舞去抒发情感的人，只有这样，她才会觉得生活更有意义。通过长久的探索，Erika终于接受了现实，并在心里和自己达成和解。"其实我并没有什么特殊的，只是我处在一个位置，让我显得特殊而已。"

入学后不久，当地一家知名公司发出招聘广告，Erika所在班级超过一半的学生都在争夺这个职位，Erika的父母也对工作环境和岗位等方面很满意。经过一番惨烈竞争，Erika在众多应聘者中胜出，得到了这个来之不易的工作机会。

拿到工作offer的时候，Erika非常犹豫。这个工作对执行力有着严格的要求，但自我发挥余地不大，挑战性不强，纵然机会难得，过程艰辛，但如果每天上班的主要任务，就是看什么时候下班，那无论再怎么有名气的公司，怎样珍贵的机会，都是没有意义的。这一次，她决定听从自己的内心，要为前途做出勇敢的选择。

从最初怀疑自己的不同,到勇敢地坚持自我,这个曾经的乖乖女孩,迈出了人生中漫长却又坚实的一步。在这个过程中,她也收获了可贵的爱情。攻读硕士期间,Erika结识了自己的老乡,两个人同在一所学校,背景经历相同,彼此间有着说不完的话题。

毕业后,男朋友被世界级著名IT公司录用,来到加州硅谷工作,一时间,Erika陷入两难境地,到底是在东部工作,还是抛下一切,跟随男友到加州从零开始。正在犹豫不决的时候,男朋友和她说:"无论你的选择如何,我都会全力支持你。"

来到加州后,Erika发现了一个可喜的现象,这里的工作机会非常多,自己选择也更多了。"其实从一个地方,到另外一个地方,并没有想象中的那么糟糕。只有自己经历过,才会知道未来是什么样子。"

和父母的以往方式完全不同，男朋友简直是她的精神导师兼灵魂伴侣，是在人生中第一个鼓励她成为自己的人。生活中，男朋友极度宠爱着娇巧的Erika，但在工作方面，鼓励她不断地突破自我极限，欣赏她的个性鲜明，并赞同她追逐自己的热情。

他不会随意的评判，总是想要看到一个真正的我，完整的我，并希望我能做自己真正感兴趣的事情。这些年来，他的鼓励对我说，非常非常地重要的，如果没有他，也许我还是那个坐在办公室里，做着自己并不喜欢的工作的女生。

和Erika聊天的过程极为开心。她说话条理清晰，语音轻柔，说不上几句，就能听到她爽朗的笑声，忍不住想更接近她一些。人们常说，命运总是眷顾爱笑的人，对Erika来说更是如此。在人生的重大转折时期，上天似乎都不忍心为难她，无论是痛苦和挫折，每每都是点到为止，好像只是为了教会她更深刻地体会人生。

希望Erika的好运就这样一直延续下去，更希望她在追寻自我的路上，书写着属于自己的人生传奇。

Helen

陪伴，是最长情的爱
——献给所有的陪读妈妈

在多伦多的时候，我妈妈和初识的法国朋友进行了一场非常有趣的对话。

"你来这里多久了？"法国友人问道。

"一年多。"妈妈微笑着。

"你的先生在这里工作？"法国人又问。

"不，他在国内。"妈妈用生疏的英语小心应付着，可能看对方一脸疑问，又补充说："我陪孩子在这里上学，所以我们分开了。"

"你们分居了？"法国人好奇地问。

"不，我们只是暂分开一段时间。"妈妈着急地解释着，脸有些微红。

"噢，你们离婚了！"

在这位法国朋友的逻辑中，夫妻分开一年多，肯定是出了问题。当然，妈妈也没有办法用有限的英语，解释她只是陪着十几岁的女儿来读书，丈夫要在万里之外的国内工作，郁闷的她查了好几天英文词典，想着该怎么准确地表达"分开"的含义。

街角干洗店的台湾太太，她也有着同样的不解，为什么要离开家人，离开丈夫那么远、那么久，只为了让孩子接受"可能是更好的教育"。她骄傲地说："我们一家人就算吃糠咽菜，也是要在一起的呀。"妈妈听后，沉默了许久。

爸爸在国内工作赚钱养家，妈妈陪孩子异国求学，这是比较典型的中国留学生家庭模式，在高中留学生中更是普遍。而陪读妈妈是一个庞大而且特殊的群体，她们当中大部分人是中年出国，第一次在异国长时间旅居，尽管在当地有朋友或是亲戚，但大事小情基本上要靠自己。少数人略通英语，绝大多数交流极度障碍，就敢独自带着十几岁的孩子过海关、租房，签各种合同，安顿生活。无论过去是何种身份，从踏上外国土地的那刻起，都必须从零起步。

我的妈妈，也曾是其中的一员。自2013年底开始，她离开了创办十几年的公司，放弃了工作，全职到北美陪读，直至2016年回国，陪我度过了难忘的四个年头。

想要在国外生存，学英语、考驾照、建立社交圈是非常重要的。而如何尽早尽快地突破语言障碍，是其中最最重要的环节，妈妈在这方面可是吃足了苦头。考驾照时，因为没听懂考官说的"pull over"，妈妈以为要她直接停车，就一脚刹车停在路中间，结果被考官用非常激烈的语言教训了半天，幸运的是，妈妈一句都没听懂，但考官的表情确实把她吓到了。

即使拥有十多年的驾龄，听不懂考官的指令，驾照考试就没有通过的可能。眼看着我开学在即，必须每天开车接送，妈妈急得把与考试相关的所有单词和考官可能会说到的话，全抄在本子上，天天在家大声朗读。有时炒菜时，把锅铲向左划一下时，嘴里念叨着"left turn"，再向右一下，"right turn。"我在一旁看着，觉得既好笑又辛酸。

还有一次周末在COSTCO，我和妈妈排队等待结账，有位华人女士穿着优雅，站在我们前面，收银员问："Do you want to donate money for the kids foundation（您想为儿童基金会捐款吗）？"她满脸通红，愣在当中，一言不发。我猜她应该是听不懂，收银员不明原因，以为她对捐款有迟疑，反复问了好几遍，后面长长的队伍里开始有人不耐烦，发出声音，我快步走上前去，帮助这位女士做了翻译，这才结束了一场尴尬。

从这时起，我萌发了一些想法，希望通过自己的微薄之力，能帮助到更多像我妈妈一样的人，帮助更多的华人融入这个陌生的国度。我一直在寻找这样的机会，直到在Millbrae City的电视台找到中文主播的义工活动。每次站在镜头前录像时，想到那么多的华人可以通过我制作的中文新闻，更多地了解生活的这座城市，更好地融入当地社会，不再被封闭在华人的小圈子里，我就感觉非常的兴奋而且自豪。同时，也让外国朋友们通过电视媒体听到来自中国的嘹亮声音。

成年人学习英语，一般通过三种渠道解决。一种是教会的免费课程，一种是当地政府为了帮助新移民开设的语言培训机构，收费比较低，还有就是个人开设的各种补习机构。妈妈帮我找到一家很牛的辅导班补习英文，自己也在这里交了不菲的学费，开始学习和我们类似的课程。

从Downtown的家里出发到培训学校，单程需要一个半小时，妈妈早上去，下午回来，接上我送到培训学校，在另一个教室等着，等我下课后再回到Downtown，一天中六个小时都在地铁上度过，为节省时间，她就在地铁上背单词。

回到家已经很晚，她马上奔到厨房为我做夜宵，或是准备明天的早餐和午餐食材，自己上床睡觉，都要到夜里十二点以后了。第二天又要起得很早，做早餐，送我上学。出国后一年多的时间里，妈妈根本没时间游玩，自己玩命地学英语，起早贪晚地照顾我的生活起居。

当时我们住的公寓离Queen's Park很近，公园空旷少人，里面有座雕像，始终是歪着脑袋看向一边。妈妈经常来到这里，对着雕像大声练习发音，心里假想着，雕像一脸嫌弃，始终不肯正脸看她，所以就格外努力，暗自发愿："终有一天，你会为我侧目。"在微信中，妈妈这样写道："临别加拿大时，我特意请到加拿大著名的华裔摄影师黄博先生，为我和雕像拍了合影，靠在它的身旁，想起过往种种，眼神里的忧伤，止不住。"

2014年8月，加拿大出台新政，留学生子女可与当地学生一样就近入学，不必再经过国际申请通道，妈妈为了让我入读当地的知名高中，备考两个多月，居然神奇地通过了一所大学的入学考试，并且第一批拿到了专业课的录取通知书。

有个场景，一直印在我脑海里。我做完了所有的作业，合上书本，此时已是深夜，妈妈坐在书房里，手里拿着厚厚的英文书，吃力地念着。看久了，她经常会觉得胸闷，后背要紧紧贴在椅子上才稍有缓解。

她不舍得开大灯，只有一盏幽黄的台灯相伴，隔着一段距离，你都能感受到她的认真与艰难。专注的目光透过近视镜片，好像要把书上的每个字都吃进去。课本上全是密密麻麻的注解，不敢怠慢每一次考试。

女子本弱，为母则刚。我妈妈在国内工作繁忙，家务活几乎都不会做，做饭更是自带天生免疫体质。然而到国外，她不得不亲自上阵，厨房里更是乱成一片战场。油瓶洒了，摔破了碗都是平常。有一次我顺口说句想吃烤羊排，妈妈第一次用烤箱，结果把整个楼的报警系统弄响了，吓得我拿着椅垫对着报警器扇个不停。几年下来，妈妈也是厨艺精湛，安装家具和电器也得心应手。用她自己的话说："到了国外，专治各种生活不能自理。"

我有个同学的妈妈，独自带着两个女儿长年在国外，家里房子很大，足足有三四百平米，半夜被一阵声响惊醒，到厨房抄起菜刀冲向门口，打开门之后，一阵冷风扑面，全身汗毛吓得都立了起来。听后，大家当场笑作一团，却笑中带泪，难掩辛酸。

妈妈还有一个朋友Jennifer买了车，从高速上开回家，因为天色已晚，走错了入口，眼看着油表只够跑一百多公里了，还在高速上行驶下不来。这种感受，只有你真正地在国外生活过，自己亲身经历过，才会懂得那种焦急不安的分量。

留学生初到国外，一般都会遇到不小的语言阻碍和学习压力。大大小小的补习机构就成了我们最经常出入的地方。我妈妈常开玩笑说："我们不是在去补习机构的路上，就是在考察补习机构的途中。"

很多陪读妈妈对于留学细节的掌握，绝对可以秒杀大批专业服务机构。先在所有认识的朋友或是在妈妈群里征求意见，询问曾经就读学生或是学生家长的感受，还会在学校开放日把学校里里外外仔细地看了个遍。

我的朋友Leo同学想转到天主教会下的一所学校，他的妈妈每天放学后就开车到校门口，观察学校里出来的孩子们，他们的穿着和精神状态，观察接送父母的体貌形态，再加上各种信息综合评估，才会最终决定。

　　后来，我结识了更多的陪读妈妈，有幸倾听了她们独特而且励志的异乡生活经历。这些妈妈既要做学生，重新背起书包，坐进课堂，从最简单的英文学起，又要做专职司机，负责孩子上下学和参加活动等各种接送。无论是冰天雪地的极寒天气，还是烈日下的炙烤曝晒，经常在车里一等就是几个小时。同时还是专业买手，各大超市商场的价格对比，蔬果新鲜程度，品牌质量优劣都烂熟于心。上一秒是厨娘，互相交流厨艺食谱，汤饮烘焙样样拿手，保证三餐营养丰富不重样。下一秒变身度娘，对所在城市里有名的公园、餐馆、重大活动了如指掌。在这片陌生的土地上抱团取暖，结伴而行，守护着各自的孩子，顽强生长，浴火重生。

　　衷心感谢我的妈妈四年来的陪伴，感谢所有伟大的陪读妈妈，以及默默付出的留守爸爸，您们辛苦了。希望岁月能挽住您们年轻的脚步，待我们学成归来，一家人尽享天伦，团圆尽欢！

代后记

愿世界待你以温柔

Helen妈妈

那是多伦多寒冬的一个夜晚。屋外冷风咆哮,雪片敲窗。我躺在床上看小说,Helen悄悄走进来,挪开了书,把头枕进我的胳膊里,嗲嗲地说:"妈妈,讲讲我小时候的事儿吧!"

回忆,在那一刻有如潮水。

"结婚第三个月,我就怀上了你。当时我和你爸爸正在创业,忙得一天一夜没吃东西,觉得一阵阵地恶心,反倒什么都吃不下。以为得了大病,吓得赶紧去医院检查,谁知道竟然怀孕了。我拿着化验单,心里又兴奋又紧张,不知道该怎么办,就坐在诊室外的长椅上放声大哭,哭的声音特别的响。对了,那时候我还梳着两个大麻花辫……"

"真的呀？"

"刚生你那会儿，不知道怎么搞的，也不知道买个奶瓶，居然在月子里用勺喂你，而且是那种特别大的钢勺，结果到满月时，你才长了二两。"

"你怎么能连这个都不知道？"Helen睁大了眼睛，一脸吃惊。

"唉！真的就是不知道，也可能是手忙脚乱的想不到。反正就是纳闷，你怎么就一天天地不睡觉，从早到晚。白天还好说点，到了晚上，怕你哭影响爸爸，影响邻居，就把你抱在怀里，一抱就是大半夜，胳膊都麻了。只要是一放下来，或是目光稍稍挪开，你立马就号啕大哭。我困到极点，硬撑着和你玩，可你还是特别精神，一点点想睡觉的迹象都没有。"

Helen听得入迷，掩着嘴不住地笑："也可能是饿的。还有呢？"

"还有就是三四岁时候，你特别愿意看《茜茜公主》的碟片，而且只看上集。每天从早上开始，十几个小时内循环播放。有时我们想看看新闻，你坚决不肯，看得我们都能完整地背出台词。还有一段时间,大约有一年多吧,你很少吃东西,饭也不吃,菜也不吃,零食也不吃,人干巴巴的瘦下来,弄得我很崩溃。一天有三四个小时,好像都是追着你喂东西,可你的小嘴儿闭得紧紧的,一下子就跑开了,妈妈偷偷掉了好多次眼泪呢。"

"再后来呢?"

"再后来你就长大了。再后来,我就当了全职妈妈,陪你来国外了。"

很长一段时间,我一直是位缺席的母亲。接不完的电话,出不完的差,没有尽头的加班,甚至有几年,尽管住在同一所房子里,我和女儿Helen都很少碰面。

Helen中考结束,经过多日的痛苦抉择,我决定告别工作,为她做一个全职母亲,陪伴Helen踏上加拿大的国土,开始了异国他乡的求学路,后来辗转来到美国。

机场分别那天,终生难忘。Helen爸爸眼噙着泪水,一次次向我们招手,目送我们进了安检,直到看不见。而我和Helen早已不能自己,失声痛哭。

这是我们一家人第一次的万里之别。 这一天,对我也是同样的重要。

清晨，多伦多的街头小雨夹雪，路面上泥泞不堪。我从早上起来就不顺心，这是新学校报到的第一天，而Helen的校服裙子下面，只穿了一条薄如蝉翼的丝袜。

我一直碎碎念着："外面零下三十多度呀，你穿这个不是要冻坏了？万一再有开学仪式，需要长时间站到室外，你怎么办？"

她不乐意，也不回嘴，把短裙又提高了一寸，匆匆说了句"Bye—bye"，就冲下了楼。

我站在阳台上，巴巴地张望着，在早高峰的纷杂人流中，很快就找到了女儿娇小的身影，目送着她背着硕大的书包，缓缓地走向校门，一转弯，嗖地就不见了。

一天下来，什么都干不下去。一会儿担心她听不懂，担心她不适应，一会儿又想，女儿会不会冻病了，心被撕扯得疼。

那一年，冰箱永远是塞满的，日子也是。白天Helen上学，我去补习英语，晚上再陪她去，半夜到家，手忙脚乱的做晚饭，经常烫伤了胳膊，然后各自回房看书，背单词，写作业。忙乱得一塌糊涂，却莫名的充满了幸福。

这是属于我和女儿共同的时光，见证了彼此共同的成长。女儿的成绩一路飙升，专业法语考了不错的分数，有了小伙伴，我也考上了当地的大学。

2014年冬天，因为临时变故，我不得不回国一个月。临走前两天，经朋友介绍匆匆找了寄宿家庭。也许是文化价值观的差异吧，也许是缘分不足，寄宿家庭与她相处得并不融洽。到我回来那天，我的孩子已足足两天没吃东西。

望着满面枯黄、一脸菜色的女儿，我当场泪崩。可我亲爱的宝贝，却从书包里拿出了我爱吃的大饼、凉菜,平静地说:"这是我下午补课时,去中国超市买的,我怕你坐了那么长时间飞机,饿了没吃的。"我一把搂过女儿,客厅里又哭又抱。

"你自己怎么不吃呀?"我擦着泪水,心疼地轻捶着女儿的后背。

"没有你在,我吃不下。" Helen摩挲着我的手说。

现在想想那一幕,觉得回忆都能攥出眼泪来。

也说不上是哪一天,我们之间的关系开始错位。好像大的方面我懂得多一些,但很多细节又要完全倚仗女儿。

我们驾车在美国东部旅游,在大沼泽地国家森林公园完全迷失了方向,天渐渐黑透了,周围没有人也没有车,只有我们两个紧张的呼吸声。Helen急中生智,用手机里下载的google离线地图,带我们走出了那个几乎绝望的漆黑夜。

后来,我在买车时,遇到不讲信誉的销售员,车子明明已经到货,他就是以各种理由推脱,不肯办理提车手续。还在我们投诉时,欺负我英文不好,把我的话明显误导翻译给4S店经理。又是我身边这个瘦小的女儿,

她没有忍耐，没有沉默，而是勇敢地站出来，用流利的英语告诉这个经理全部过程和事实。

每次搬家，拆装家具，都要Helen看图指导才能组装成功。看演出网上订票，到营业厅办理宽带，各种文件翻译，她都做得有模有样。出门要靠她认路、看导航，帮我回复邮件，看各种英文账单，女儿活脱脱像是一个操心的妈妈，而我，不知何时成了她身后那个怯怯的女生。

2016年，这种错位开始加速度。女儿自主安排自己的学习，不再需要我指手画脚，在电视台的义务主播当得有声有色，又经常去慈善机构做义工，去老人院帮忙，一天到晚都不着家。倒是我自己，整天待在家里闲得发慌。我开始渐渐意识到，这场陪伴，终于可以画上句号，也是我作为一个母亲体面退场的时候了。于是，那一年过完圣诞节，我打包行李回国。

留学，自此成为Helen一个人的主场。

临别前，我彻夜难眠，写给女儿一封长信：

亲爱的孩子，妈妈明天就要离开了，这是你独立的开始。希望你能用心呵护自己的生活和身体。身边的朋友，要用心相处。

愿你和书结友,它会倾听你的痛苦,分享你的快乐,所有的迷茫,在书中尽有答案。在书里,你会遇上有趣的人,体会各种有趣的生活,不必四处行走,就可以把世界的风景看个够。

愿命运赐你以无畏和勇气,让你在荆棘密布的世间奋力奔路,勇敢向前。

时时焚一炉心香,观心观己。提醒自己,自律是一种能力。

　　亲爱的孩子，愿你有朝一日万里归来，早已练就十八般武艺，自带百毒不侵的护体神功，谋得了生，也谋得了爱，更不忘时时宠爱自己。希望你有仁者的宽厚，智者的睿智，也有赤子般的好奇。最重要的是，常葆孩子般的笑颜。

　　愿阳光为你照亮所有的路，愿世界待你以温柔。

图书在版编目（CIP）数据

逆风飞翔：走近真实的"小别离"/张海韵著．——
哈尔滨：黑龙江人民出版社，2017.8（2021.5重印）
ISBN 978-7-207-11110-4

Ⅰ.①逆　Ⅱ.①张　Ⅲ.①散文集－中国－当代　Ⅳ.①I267

中国版本图书馆CIP数据核字（2017）第203010号

责任编辑：吴英杰
装帧设计：马云洁

逆风飞翔——走近真实的"小别离"

张海韵　著

出版发行：黑龙江人民出版社
地　　址：哈尔滨市南岗区宣庆小区1号楼
邮　　编：150008
网　　址：www.longpress.com
电子信箱：hljrmcbs@yeah.net
印　　刷：北京一鑫印务有限责任公司
开　　本：880×1230　1/16
印　　张：11
字　　数：240 千字
版　　次：2017年9月第1版　2021年5月第2次印刷
书　　号：ISBN 978-7-207-11110-4
定　　价：46.00元

版权所有　侵权必究
举报电话：（0451）82308054
法律顾问：北京市大成律师事务所哈尔滨分所律师赵学利、赵景波